Die drei !!!

Im Bann des Tarots

Henriette Wich, 1970 in Landshut geboren, studierte Germanistik und Philosophie und arbeitete als Lektorin in verschiedenen Kinderbuchverlagen. Danach hat sie sich einen großen Traum erfüllt: selber zu schreiben. Heute ist sie erfolgreiche Autorin zahlreicher Kinder- und Jugendbücher.

Die drei !!!

Im Bann des Tarots

Erzählt von Henriette Wich

Deutscher Taschenbuch Verlag

Weitere ›Die drei !!!‹-Bände bei dtv junior:
Die Handy-Falle
Betrug beim Casting
Gefährlicher Chat
Gefahr im Fitness-Studio
Tatort Paris
Skandal auf Sendung
Skaterfieber
Vorsicht, Strandhaie!
Tanz der Hexen

Das gesamte lieferbare Programm von dtv junior
und viele andere Informationen finden sich unter
www.dtvjunior.de

FSC
www.fsc.org
MIX
Papier aus verantwortungsvollen Quellen
FSC® C019821

Ungekürzte Ausgabe
2. Auflage 2011
2011 Deutscher Taschenbuch Verlag GmbH & Co. KG,
München

Umschlagkonzept: Balk & Brumshagen
Umschlagbild: Beate Fahrnländer
Gesetzt aus der ITC Stone Informal 11/14,5'
Gesamtherstellung: Druckerei C. H. Beck, Nördlingen
Gedruckt auf säurefreiem, chlorfrei gebleichtem Papier
Printed in Germany · ISBN 978-3-423-71445-7

Im Bann des Tarots

Cool am Pool

»Zu Hause ist es doch am schönsten!«, sagte Marie und aalte sich im Bikini auf ihrem knallroten Liegestuhl. Dabei hörte sie mit geschlossenen Augen auf das gleichmäßige Glucksen des Wassers, das über den Rand des Pools schwappte.

Franzi, die am Beckenrand saß, warf ihr einen spöttischen Blick zu. »Aber nur, wenn man einen eigenen Swimmingpool auf dem Dach hat wie du.«

Bevor Marie darauf antworten konnte, seufzte Kim: »Also ich vermisse die Nordsee total! Und die Sommerferien sowieso. Die erste Schulwoche war echt ätzend.«

Marie richtete sich auf, um einen Schluck von ihrer eisgekühlten Cola zu trinken. Dann blinzelte sie über den Rand der Sonnenbrille ihren Freundinnen zu. »Ich weiß gar nicht, warum ihr euch beschwert. Denkt doch mal positiv: Ihr dürft bei mir übernachten und ein superschönes Wochenende mit mir verbringen. Wir haben traumhaftes Wetter. Und wir können uns endlich mal wieder so richtig entspannen. Das haben wir auch wirklich nötig: Unser letzter Fall war tausendmal anstrengender als die läppische Schule.«

Marie, Franzi und Kim waren nämlich nicht nur Freundinnen, sondern auch ziemlich erfolgreiche Detektivinnen. Inzwischen hatten die drei !!! bereits acht Fälle gelöst, einen davon sogar im Ausland, in Paris. Ihr letzter Fall lag gerade mal eine Woche zurück. In den Sommerferien waren sie zusammen in einem Camp an der Nordsee gewesen und hatten dort üble Machenschaften von gefährlichen Strandhaien aufgedeckt.

»Klar freu ich mich auf das Wochenende«, räumte Franzi ein. »Trotzdem kann ich Kim gut verstehen. Meine Lust auf die Schule hält sich auch in Grenzen. Ich finde ja, Kommissar Peters sollte uns von dieser doofen Schulpflicht befreien, damit wir uns noch besser auf unsere Detektivarbeit konzentrieren können. Der nächste Fall kommt garantiert sehr bald.«

Kommissar Peters war ein Freund von Maries Vater und hatte ihnen schon oft bei ihren Ermittlungen geholfen.

»Erzähl das mal meiner Mutter«, sagte Kim, während sie sorgfältig Sonnencreme nachlegte. »Die wird bestimmt begeistert sein.«

Franzi grinste. Frau Jülich hatte einen richtigen Schultick und kontrollierte ständig, ob Kim auch ihre Hausaufgaben machte. Zum Glück waren Franzis Eltern in der Beziehung nicht so streng, aber am lockersten war Maries Vater. Kein Wunder, er hatte ja auch als Schauspieler viele andere Dinge um die Ohren. Besonders seit er den Hauptkommissar Brockmeier in der beliebten Vorabendserie *Vorstadtwache* spielte.

Franzi pflügte mit ihrer rechten Hand durchs Wasser. »Apropos Eltern. Ist eigentlich dein Vater dieses Wochenende da?«

Marie nickte. »Ja, ihr habt Glück. Heute Abend kommt er von einem Dreh am Gardasee zurück.«

»Super!«, sagte Kim. »Dann können wir ihn endlich mal mit Fragen löchern. Er hat sicher total spannende Dinge erlebt.«

»Gut möglich«, sagte Marie und musterte Kim interessiert. »Gibt es eigentlich in deinem Leben auch gerade was Spannendes? Du wolltest doch Michi eine Urlaubspostkarte schicken. Hat er dir zurückgeschrieben?«

Kims Gesicht, das ohnehin von der Sonne leicht gerötet war, fing an zu glühen. »Nein, hat er nicht«, murmelte sie. »Ich hab es nämlich doch nicht geschafft, ihm eine Karte zu schicken.«

Seit die drei !!! Michi Millbrandt bei ihrem ersten Fall kennengelernt hatten, war Kim bis über beide Ohren in ihn verliebt. Und obwohl das längst kein Geheimnis mehr war, tat sie immer noch so, als würden Franzi und Marie in ihre allerintimste Privatsphäre eindringen, sobald sie von ihm sprachen.

»Nicht geschafft oder nicht getraut?«, hakte Franzi nach.

»Das würdest du jetzt wohl gern wissen, was?«, sagte Kim und sprang auf. Und bevor ihre Freundin merkte, was sie vorhatte, schubste Kim sie vom Beckenrand.

»Iieeh!«, kreischte Franzi. Das Wasser spritzte nach allen Seiten, als sie mit dem Po voraus mitten im Pool landete.

»Mensch, pass doch auf!«, schimpfte Marie. »Mein Bikini ist gerade so schön trocken geworden.«

Kim schlich sich von hinten an sie heran. »Dann wird es allerhöchste Zeit, dass er wieder nass wird.« Damit zog sie Marie aus dem Liegestuhl und sprang zusammen mit ihr in den Pool.

Prustend tauchten die beiden auf und wurden sofort von Franzi mit einer Wasserfontäne angespritzt.

»Na warte!«, sagte Marie. »Dich krieg ich schon noch.« Sie versuchte, Franzi unterzutauchen, aber die kraulte mit ein paar kräftigen Schwimmzügen davon.

Von den drei Detektivinnen war Franzi mit Abstand die Sportlichste, nicht nur beim

Schwimmen, sondern auch beim Skaten, Reiten und Klettern. Letzteres war ziemlich praktisch, wenn die drei !!! bei ihren Ermittlungen irgendwo eingesperrt waren.

Schließlich gelang es Marie doch noch, ihre Freundin zu erwischen. »Hab ich dich!«, rief sie triumphierend und drückte Franzis Kopf unter Wasser.

Die rächte sich, sobald sie wieder hochkam.

Prustend und kichernd alberten die Freundinnen im Pool herum. Die Zeit verging wie im Flug und Kim, Franzi und Marie lachten so laut, dass sie gar nicht merkten, als irgendwann Schritte näher kamen und ein Schatten die Sonne verdeckte.

Erst die tiefe Männerstimme hörten sie. »Bei euch geht's ja lustig zu!«

»Huch!«, rief Kim.

»Haben Sie uns aber erschreckt«, sagte Franzi.

Marie schwamm zum Beckenrand und zog sich mit einem eleganten Schwung hoch. Dann lief sie zu ihrem Vater hin und schlang ihm die Arme um den Hals. Dabei hinterließ sie zwei dunkelblaue Spuren auf seinem hellblauen Hemd.

Herr Grevenbroich lächelte. »Prinzessin! Schön, dich zu sehen.«

Marie strahlte ihn an. »Kochst du uns was zum Abendessen? Wir haben einen Bärenhunger.«

»Natürlich«, sagte Herr Grevenbroich. »Wie wär's mit Auberginen-Auflauf?«

Marie leckte sich die Lippen. Ihr Vater kochte zwar selten, aber wenn, dann richtig gut. Und sein Auberginen-Auflauf schmeckte absolut genial.

»Super Idee!«, sagte sie und klimperte mit ihren langen Wimpern. »Ich würde dir ja gern helfen, aber ich kann meine Freundinnen nicht allein lassen und außerdem muss ich noch duschen und mich umziehen.«

»Ich glaub, ich hab dich doch zu sehr verwöhnt«, seufzte Herr Grevenbroich, aber im nächsten Moment lächelte er schon wieder.

Marie warf ihm zum Dank eine Kusshand zu. Sie hatte den besten Papa auf der ganzen Welt. Für nichts und niemanden würde sie ihn eintauschen, nicht mal gegen ihren kompletten Kleiderschrank, und den liebte sie wirklich heiß und innig.

»Kommt«, sagte sie zu Kim und Franzi. »Lasst uns reingehen und duschen. Wenn ihr wollt, dürft ihr euch ein paar Klamotten von mir ausleihen.«

Das ließen sich ihre Freundinnen nicht zweimal sagen. Kichernd schnappten sie sich Handtücher und Taschen, schlüpften in ihre Flipflops und folgten Marie hinunter in die großzügige Penthousewohnung.

Eine halbe Stunde später standen sie alle frisch geduscht vor Maries weißem Kleiderschrank, der die gesamte Breite ihres Zimmers einnahm.

Franzi pfiff durch die Zähne, als Marie die Schiebewand aufmachte und eine schier endlose Kleiderstange zum Vorschein kam, auf der die Klamotten nach Farben sortiert waren. Unten gab es auch noch extra Fächer für eine Unmenge an Gürteln, Tüchern und Schuhen.

»Dein Vater hat recht«, sagte Kim. »Er verwöhnt dich wirklich zu sehr.«

Weder Kim noch Franzi schwammen zu Hause im Luxus. Im Gegensatz zu Marie waren sie auch keine Einzelkinder. Kim hatte zwei kleine Brüder und Franzi einen großen Bruder und eine große Schwester.

»Also«, sagte Marie, »was wollt ihr anziehen?«

Franzi und Kim zögerten. Die Auswahl war fast schon zu groß. Doch als sie die Kleider näher betrachteten, hatte bald jede ein Lieblingsteil entdeckt. Franzi entschied sich für eine sportliche Kombi aus dunkelgrünen Shorts und passendem T-Shirt und Kim suchte sich ein gestreiftes Top und weiße Jeans aus. Marie schlüpfte in ein elegantes blaues Seidenkleid mit Spaghettiträgern, das perfekt zu ihren blonden Haaren passte. Zu dritt drehten sie sich vor dem großen Spiegel.

»Na, wie sehen wir aus?«, fragte Marie.

»Toll«, sagte Franzi.

Kim trat von einem Fuß auf den anderen. »Können wir jetzt rübergehen? Das Essen ist doch bestimmt schon fertig.«

»Typisch!«, rief Marie. »Unser Leckermaul kann es mal wieder kaum erwarten.«

Kim ließ sich von solchen Sprüchen längst nicht mehr aus der Bahn werfen und zuckte nur mit den Schultern. Als Kopf der drei !!! brauchte sie eben Nervennahrung und ab und zu Süßigkeiten für ihre Gehirnzellen. Schließlich war sie es gewesen, die den Detektivclub gegründet hatte, und außerdem hatte sie die volle Verantwortung für das Detektivtagebuch, in dem sie akribisch alle Details der Ermittlungen notierte. Kurz darauf saßen die drei Freundinnen am langen Tisch im Esszimmer und Herr Grevenbroich reichte die Schüssel mit dem duftenden Auberginen-Auflauf herum. Nachdem alle mit Essen und Mineralwasser versorgt waren, stand er noch mal auf, um sich ein Glas Rotwein aus der Küche zu holen. Als er zurückkam, fragte er: »Stört es euch, wenn ich den Fernseher anschalte? Gleich kommen die Nachrichten.«

»Kein Problem«, sagte Kim. Und dann sagte sie nichts mehr, weil sie sich voll und ganz aufs Essen konzentrierte.

»Hmm, lecker!«, lobte Franzi.

Herr Grevenbroich lächelte. »Freut mich, dass

es euch schmeckt. Wie geht es euch denn so? Seid ihr schon wieder an einem neuen Fall dran?«

»Noch nicht«, sagte Marie.

»Aber wir halten natürlich Augen und Ohren offen«, sagte Franzi.

Kim hatte ihren ersten Hunger gestillt und sah Herrn Grevenbroich bewundernd an. »Wie geht es Ihnen? Wie war es beim Drehen?«

»Stressig wie immer«, sagte Maries Vater. »Und diesmal hatten wir noch mehr Schaulustige als sonst. Am Gardasee waren jede Menge Touristen, die uns ständig im Weg herumliefen. Am Anfang hat sich der Regisseur total geärgert, aber dann hat er einfach aus der Not eine Tugend gemacht und die Leute in den Film integriert, als Statisten.«

Franzi lachte. »Tolle Idee! Und worum ging es bei dem Fall?«

»Wir hatten eine Leiche im See«, antwortete Herr Grevenbroich. »Natürlich war es nur eine Puppe, aber unser Maskenbildner hat ganze Arbeit geleistet: Die Leiche sah richtig echt aus.«

Marie spürte, wie sich ihre Nackenhaare aufstellten. Einen Mord hatten die drei !!! zum Glück noch nie aufklären müssen. Das wäre wahrscheinlich doch eine Nummer zu groß für sie, obwohl sie inzwischen ziemlich profimäßig ausgerüstet waren: Sie hatten nicht nur Fotohandys, sondern auch Lupen, Taschenlampen, ein Fernglas, ein Fingerabdruckset, eigene Visitenkarten, eine Digitalkamera und ein supertolles Aufnahmegerät mit Richtmikrofon, das sie sich von der Belohnung für einen erfolgreich gelösten Fall gekauft hatten.

»Mussten Sie nach der Leiche tauchen?«, wollte Kim wissen. »Mit Sauerstoffflasche und Taucherbrille und allem Drum und Dran?«

Herr Grevenbroich schüttelte den Kopf. »Zum Glück nicht! Das haben Profitaucher gemacht, die wir extra angeheuert haben. Aber ich musste zum ersten Mal segeln, obwohl ich das eigentlich gar nicht kann. Ich hab mir ein paar Handgriffe von einem Segler abgeschaut und dann so getan als ob.«

Franzi stellte die Frage, die ihr schon die ganze Zeit auf den Lippen gebrannt hatte: »Und wer war der Mörder?«

Herr Grevenbroich ließ sich Zeit mit der Antwort. Erst verteilte er den Nachtisch, Vanillepudding mit Himbeeren, auf die einzelnen Schälchen. Dann zwinkerte er Kim, Franzi und Marie zu. »Das verrate ich euch lieber nicht. Ihr wollt doch die Folge sicher ansehen und dann würde ich euch die ganze Spannung verderben.«

»Schade!«, sagte Franzi.

Auch Kim war enttäuscht, aber sie tröstete sich schnell mit ein paar Löffeln Vanillepudding. Den mochte sie fast so gern wie Schokolade und Gummibärchen.

Herr Grevenbroich rückte inzwischen mit seinem Stuhl näher zum Fernseher, weil er den Rest der Nachrichten verfolgen wollte. Die politischen News waren allerdings schon vorbei und es kamen nur noch Sport und Wettervorhersage. Danach wurde eine Folge einer Kulturgeschichte-Reihe angekündigt. Marie bekam schon allein beim Vorspann das große Gähnen.

Kim und Franzi sahen auch nicht mehr allzu frisch aus. Die Sonne und das Schwimmen hatten sie müde gemacht.

»Können wir aufstehen und in mein Zimmer gehen?«, fragte Marie ihren Vater.

Herr Grevenbroich nickte. »Ja, klar ... Natürlich.« Er hatte nur mit halbem Ohr zugehört und war ganz in die Sendung vertieft.

So leise wie möglich räumten Marie, Franzi und Kim das Geschirr ab und zogen sich danach in Maries Zimmer zurück. Dort klappten sie das Schlafsofa auf, das so groß war, dass Kim und Franzi locker zu zweit darauf Platz hatten.

Franzi hüpfte darauf herum und testete die Sprungfedern. Dann ließ sie sich mit einem Plumps in die Kissen fallen. »Ist das herrlich!«

Kichernd schlüpften die Freundinnen in ihre Nachthemden und kuschelten sich in die Decken.

Marie löschte das Licht. »Zum ersten Mal übernachten wir zu dritt bei mir«, sagte sie. Es klang richtig feierlich.

»Jetzt quatschen wir die ganze Nacht«, sagte Franzi.

»Klar«, sagte Kim. »Schlafen können wir wieder, wenn wir allein zu Hause sind.«

Nach einer kurzen Pause sagte Marie: »Hoffentlich bekommen wir bald einen neuen Fall. Ich bin schon total gespannt, was es diesmal sein wird. Autodiebstahl hatten wir noch nicht – oder Umweltsünder, von denen hört man immer öfter. Vielleicht erwischen wir ja auch einen Erbschleicher ...« Im Kopf malte sie sich noch etliche weitere Verbrechensarten aus. Dann richtete sie sich im Bett auf und fragte: »Was meint ihr denn?«

Statt einer Antwort kam vom Schlafsofa nur leises Schnarchen zurück.

»Na toll«, murmelte Marie. »Von wegen, wir quatschen die ganze Nacht!«

Rätselhafte Post

Nach dem schönen Wochenende bei Marie fiel es Kim doppelt schwer, am Montag wieder in die Schule zu gehen. Dass sie auch noch total viele Hausaufgaben aufgebrummt bekam, steigerte ihre Laune nicht wirklich. Wütend stapfte sie mittags nach Hause und machte die Wohnungstür auf. Sie hatte sie kaum einen Spaltbreit geöffnet, da flog ihr ein Fußball entgegen. Mit voller Wucht knallte er gegen ihren Kopf. »Aua!«, rief sie und rieb sich die Stirn. Dann suchte sie die Schuldigen. Das konnten nur ihre supernervigen Zwillingsbrüder sein.

Prompt tauchten Ben und Lukas im Flur auf und bückten sich nach dem Fußball, der in eine Ecke gerollt war. Statt sich zu entschuldigen, streckten sie ihr auch noch frech die Zunge raus.

»Heulsuse!«, rief Lukas.

»Planschkuh!«, rief Ben.

Kim stemmte die Hände in die Hüften und sah ihre Brüder wütend an. »Lasst euch mal neue Schimpfwörter einfallen, langsam werden die alten langweilig. Und, wie war's in der Schule? Seid ihr immer noch so schlecht wie letztes Jahr?«

Die Zwillinge hatten nur mit Ach und Krach die Versetzung ans Gymnasium geschafft, weil sie schlicht und ergreifend stinkfaul waren.

Kims letzte Frage wirkte. Grummelnd verzogen sich Ben und Lukas in Richtung Küche.

Kim pfefferte ihre Schultasche in die Ecke, fuhr sich vor dem Spiegel im Flur schnell durch die kurzen braunen Haare und folgte dann ihren Brüdern. Aus der Küche roch es säuerlich nach Zwiebeln und Fisch. Auch das noch! Heute gab es eingelegte Heringe mit Kartoffeln, das Essen konnte sie nicht ausstehen.

»Hallo, mein Schatz!«, sagte Frau Jülich fröhlich, als Kim die Küche betrat. »Na, was gibt's Neues aus der Schule? Habt ihr schon die Termine für die ersten Schularbeiten bekommen?«

»Noch nicht«, antwortete Kim und rutschte auf die Eckbank neben ihren Vater.

Ihre Mutter stellte lächelnd die Platte mit den Heringen auf den Tisch. »Wir müssen unbedingt einen Lernplan fürs neue Schuljahr aufstellen.«

Bei der Vorstellung wurde Kim jetzt schon schlecht. Wo nahm ihre Mutter eigentlich immer die ganze Energie her? Mit ihrem Halbtagsjob als Grundschullehrerin und ihrer ehrenamtlichen Tätigkeit für Wohltätigkeitsveranstaltungen müsste sie doch eigentlich mehr als ausgelastet sein. Hilfe suchend sah Kim ihren Vater an. Doch der sortierte gerade seine Post und hatte offenbar gar nicht zugehört.

»Ben, Lukas!«, rief Frau Jülich. »Hört bitte auf herumzurennen und setzt euch endlich hin!«

Maulend gehorchten die Zwillinge.

Frau Jülich reichte die Platte herum. Kim nahm sich nur ganz wenig, der Appetit war ihr inzwischen gründlich vergangen.

»Guten Appetit«, sagte ihre Mutter.

Herr Jülich nahm gedankenverloren seine Gabel in die Hand, während er mit der anderen Hand weiter die Post durchsah. Er bekam jeden Tag einen Haufen Papierkram, meistens Werbung oder irgendwelche geschäftlichen Sachen, die mit seinem Beruf als Uhrmacher zu tun hatten.

Seine Frau runzelte die Stirn. »Muss das jetzt sein? Kannst du damit nicht bis nach dem Essen warten?«

»Hmm …«, machte Herr Jülich und betrachtete einen braunen A4-Umschlag von allen Seiten.

»Ist da was für uns drin?«, fragte Lukas.

Sofort wurde Ben auch neugierig. »Dürfen wir ihn aufmachen?«

Herr Jülich reagierte nicht darauf. »Hmm …«, machte er wieder.

Seine Frau stöhnte. »Bitte! Musst du das ausgerechnet jetzt erledigen?«

»Wie?«, fragte Herr Jülich. »Ach so … entschuldige, ich leg die Post gleich weg, aber dieser Umschlag ist wirklich merkwürdig. Da steht gar kein Absender drauf und die Anschrift ist mit dem Computer getippt.«

Jetzt wurde auch Kim hellhörig. Einen anonymen Brief verschickte normalerweise nur jemand, der etwas zu verbergen hatte. Vielleicht war es ja sogar ein Drohbrief!

»Ich finde, du solltest ihn aufmachen«, sagte sie und rückte ein Stück näher zu ihrem Vater, damit sie ihm über die Schulter sehen konnte.

»Ja, das finde ich auch«, sagte er. Energisch öffnete er den Umschlag und griff hinein. Als er ein zusammengefaltetes Stück Papier herausholte, fielen ein paar bunte Karten auf den Tisch, die offenbar lose zwischen den Seiten gelegen hatten.

Sofort stürzten sich die Zwillinge auf die Karten.

»Ist das ein Spiel? Geil!«, rief Lukas.

»Können wir es gleich spielen?«, fragte Ben.

Jetzt musste Kim einschreiten. »Kommt nicht infrage! Ihr macht bloß wieder alles kaputt.«

Das hatte sie oft genug selber erlebt. Ihre Brüder schlichen sich mit Vorliebe an ihren Computer heran und nutzten ihn für ihre Spiele, obwohl sie es ihnen schon tausendmal verboten hatte. Einmal hatten sie ihr sogar einen Virus draufgeladen.

Herr Jülich faltete inzwischen das Papier auseinander. Auf den ersten Blick erkannte Kim, dass es ein Brief war. Genau wie die Anschrift auf dem Umschlag war er am Computer getippt und enthielt keinen Absender.

»Was steht denn drin?«, fragte Frau Jülich, die jetzt auch auf einmal den Brief viel wichtiger fand als den Hering auf ihrem Teller.

Ihr Mann räusperte sich. Dann las er langsam und zwischendrin stockend den kurzen Text vor.

Lieber Herr Jülich,
aus Gründen, die ich leider nicht weiter ausführen kann, muss ich Ihnen diesen Brief anonym schicken. Wir sind uns einmal beruflich begegnet und ich fand Sie auf den ersten Blick sympathisch. Ich wende mich heute mit einer außergewöhnlichen Bitte an Sie, weil ich in einer großen Notlage bin und Sie als Kollegen sehr schätze.
Die beiliegenden Karten enthalten den ersten Teil einer Botschaft, die ich Ihnen übermitteln möchte. Weitere Karten werde ich Ihnen bald zuschicken. Bitte versuchen Sie, die Botschaft zu entschlüsseln. Ich weiß, dass das nicht leicht sein wird. Leider kann ich Ihnen nur so viel verraten, dass Sie dazu das »Keltische Kreuz« benötigen.
Wenn Sie die Botschaft komplett entschlüsselt haben, werden Sie wissen, was Sie danach tun müssen. Ich weiß, das klingt alles sehr seltsam, und vielleicht

halten Sie mich auch für verrückt. Ich kann Ihnen versichern, dass ich es nicht bin!
Bitte helfen Sie mir!
Tausend Dank im Voraus,
Ihr Kollege

Kims Vater ließ den Brief sinken und sah seine Frau verwirrt an. »Was ist das denn? Und welcher Kollege soll das bitte sein? Niemand, den ich kenne, würde mir so einen Brief schreiben.«

Frau Jülich nickte. »Allerdings. Entweder ist der Mann tatsächlich verrückt oder er will dich auf den Arm nehmen.«

Kim glaubte weder das eine noch das andere. Sie spürte, wie ihr Herz plötzlich schneller schlug und irgendeine Stimme in ihr flüsterte, dass mehr hinter dieser Sache steckte, viel mehr. Vielleicht ja sogar ein neuer Fall für die drei !!! ...

»Zeigt mal die Karten her«, sagte sie zu Ben und Lukas.

Unwillig überließen ihr die Zwillinge den Schatz, den sie immer noch für ein Spiel hielten. Kim war sich da nicht so sicher. Die Karten waren zwar bunt, aber die Zeichnungen darauf sehr altmodisch und die Motive eindeutig zu gruselig für ein Kinderspiel. Auf einer Karte war ein grimmiger Teufel abgebildet, auf einer anderen ein Mann, der anscheinend gerade aus einem Albtraum aufwachte. Die restlichen drei

Karten zeigten eine Frau mit einem Vogel, einen Mann auf einem Pferd und ein Paar unter einem Torbogen.

»Merkwürdig«, sagte sie. »So was hab ich noch nie gesehen.« Ihr Vater warf jetzt ebenfalls einen Blick auf die Karten und schüttelte den Kopf. »Ich auch nicht.«

»Also ich glaube, da will dich jemand auf den Arm nehmen«, sagte Frau Jülich. »Am besten wirfst du den ganzen Krempel weg.«

»Nein, nicht!«, rief Kim.

Ihre Eltern sahen sie verwundert an. Kim biss sich auf die Lippe. Hoffentlich schöpften ihre Eltern jetzt keinen Verdacht. Besonders ihre Mutter mochte es gar nicht, wenn sie als Detektivin unterwegs war und sich freiwillig in gefährliche Situationen brachte.

»Ich wollte nur sagen«, tat sie möglichst unbeteiligt, »bevor du die Sachen wegwirfst, könntest du sie auch mir geben. Ich kann sie für die Schule brauchen, für Geschichte.« Im letzten Moment war ihr noch ein halbwegs plausibler Grund eingefallen.

Herr Jülich zuckte mit den Schultern. »Von mir aus gern. Ich wüsste wirklich nicht, was ich damit anfangen sollte.«

»Hey!«, mischte sich Ben ein, der die ganze Zeit ungewöhnlich still gewesen war. »Wir wollten die Karten zuerst haben!«

»Genau!«, sagte Lukas. »Sie gehören uns.«

Kim sah schon einen endlosen Streit auf sich zukommen, doch da sprach zum Glück ihre Mutter ein Machtwort: »Nein, sie gehören Kim. Ihr lenkt euch sowieso viel zu sehr ab mit euren tausend Spielen. Und jetzt räumt den Tisch ab und holt eure Hausaufgabenhefte raus.«

»Das ist gemein!«, protestierte Lukas.

»Blöde Planschkuh!«, sagte Ben.

Kim ließ sich davon nicht beeindrucken. Das war der gerechte Ausgleich für den Kopfball, von dem sie garantiert eine fette Beule auf der Stirn bekommen würde.

Ungerührt sammelte sie die Karten ein und steckte sie zusammen mit dem Brief zurück in den Umschlag.

Detektivtagebuch von Kim Jülich
Montag, 14:32 Uhr

Tief in meinem Innern spüre ich, dass die drei !!! einen neuen Fall haben! Und mein Gefühl hat mich eigentlich noch nie getäuscht.

Noch liegt vieles im Dunkeln, aber einige Fakten stehen schon mal fest:

1. *Ein anonymer Brief*
2. *Der Absender gibt sich als Kollege meines Vaters aus (kann stimmen oder auch nicht). Wenn es*

stimmt, ist er auch Uhrmacher oder zumindest in derselben Branche tätig.

3. Der Absender bittet um Hilfe, will sich aber gleichzeitig nicht zu erkennen geben. Das bedeutet, er hat irgendetwas zu verbergen oder womöglich selbst etwas mit der geheimnisvollen Sache zu tun.
3. Dem Brief liegen fünf seltsame Karten bei, die eine Botschaft enthalten sollen. Herkunft der Karten muss noch geklärt werden (Internet-Recherche?).
4. Weitere Karten sollen folgen und die Botschaft vervollständigen. Anzahl der Karten noch unbekannt.
5. Der Begriff »Keltisches Kreuz« muss auch noch geklärt werden. Vielleicht handelt es sich dabei ja um eine Wegkreuzung.
6. Die drei !!! müssen dringend eine Sondersitzung bei Franzi im Hauptquartier abhalten.

Geheimes Tagebuch von Kim Jülich
Montag, 16:49 Uhr

STOPP! Alle Personen, die nicht Kim Jülich heißen, sind nicht zum Lesen dieses Tagebuchs befugt (das gilt auch für Franziska Winkler und Marie Grevenbroich!!!).

Ich ärgere mich so über mich selbst! Warum hab ich

Michi aus dem Sommercamp keine Karte geschrieben? Das wäre die Gelegenheit gewesen, ihm endlich zu gestehen, wie sehr ich ihn mag (»mag« ist natürlich leicht untertrieben: ICH LIEBE IHN). Ich bin wirklich zu doof für diese Welt. So werde ich natürlich nie erfahren, ob er auch in mich verliebt ist oder mich nur einfach so mag, als nette Freundin.

Ich will mehr für dich sein, Michi, als bloß eine gute Freundin!

Ich vermisse dich so sehr! Jetzt hab ich dich schon sieben Wochen, sechzehn Stunden und sechsundfünfzig Minuten nicht mehr gesehen!!! Das muss sich dringend ändern. Irgendwie muss ich einen Vorwand finden, um dich anzurufen. Ich könnte dir ja erzählen, dass wir einen neuen Fall haben, und dich bitten, uns wieder zu helfen, falls wir Unterstützung brauchen. Schließlich bist du der tollste Chemieexperte weit und breit! Aber das geht nicht, dafür ist es zu früh. Ich würde vor lauter Peinlichkeit in den Boden versinken, wenn sich herausstellen sollte, dass wir doch keinen Fall haben.

Es hilft nichts, ich muss noch warten bis zu unserem nächsten Treffen. Wie ich es hasse zu warten!!!

Das Liebesorakel

Sobald Marie das rote Backsteinhaus vor sich sah, in dem Franzi wohnte, bremste sie und stieg vom Rad ab. Nach der halbstündigen Tour waren ihre Haare bestimmt total zerzaust. Schnell holte sie den Schminkspiegel aus der Tasche und überprüfte ihr Gesicht. Die frisch geföhnten Haare standen tatsächlich nach allen Seiten ab und beim linken Auge war die Wimperntusche leicht verwischt. Schnell tupfte sie die schwarzen Spuren weg und glättete ihr Haar. Während sie den Spiegel wieder in der Tasche verstaute, merkte sie, dass ihre Hände zitterten. Hoffentlich hatte sie Glück und traf zufällig Stefan, Franzis großen Bruder! Er war der süßeste Typ, den sie je getroffen hatte, und obwohl er schon achtzehn war, war sie ganz sicher, dass sie eines Tages ein Paar werden würden. Erst vor den Sommerferien hatte er ihr gesagt, dass sie toll aussah. Und er hatte ihr sogar seine Handynummer gegeben. Sie hatte sich zwar noch nie getraut, ihn anzurufen, aber irgendwann würde sie es schon noch tun, ganz bestimmt.

Mit klopfendem Herzen schwang Marie sich

wieder aufs Rad und fuhr den holprigen Schotterweg entlang aufs Haus zu. Als sie ihr Rad im Hof abstellte, sah sie sich unauffällig nach allen Seiten um. Und da bog tatsächlich Stefan um die Ecke, lässig in Jeans und einem kakifarbenen T-Shirt, das super zu seinen rötlichbraunen, strubbeligen Haaren passte. Marie bekam sofort butterweiche Knie. Damit sie nicht umfiel, hielt sie sich an ihrem Fahrradsattel fest.

Stefan kam rasch auf sie zu und Marie brachte nur ein einziges Wort heraus: »Hi!«

Stefan hob kurz den Kopf und nickte. Erst jetzt sah Marie, dass er das Handy am Ohr hatte und telefonierte.

»Klar, Sonja, das machen wir ... Ich freu mich, bin schon unterwegs ... Ja, ich dich auch«, sagte er und seine Stimme wurde plötzlich schmuseweich. »Ciao!« Er schaltete das Handy aus und steckte es in seine Hosentasche. Dann ging er pfeifend zu seinem Opel, stieg ein und brauste mit knatterndem Motor davon. Marie starrte der Staubwolke nach, die er hinter sich aufwirbelte. In ihrem Kopf hallte wie ein unheimliches Echo der Name nach, den Stefan gerade ausgesprochen hatte: Sonja!

Sonja war mal Stefans Freundin gewesen, aber er hatte sich längst von ihr getrennt. Warum telefonierte er dann mit ihr? Und warum fuhr er zu ihr hin?

»Willst du hier Wurzeln schlagen oder was hast du vor?«, riss Franzis Stimme sie aus ihren Gedanken.

»Ich? Wieso? Nein, ich ... äh ...«, stammelte Marie. Es klang genauso konfus, wie sie sich fühlte.

Franzi zog eine Augenbraue hoch. »Dann komm endlich! Kim und ich warten schon ewig auf dich.«

»'tschuldigung«, murmelte Marie und folgte Franzi hinters Haus. Ihre Beine waren plötzlich ganz steif und sie kam sich vor wie ein Roboter.

»Ich dich auch«, hatte Stefan gesagt. Marie wehrte sich dagegen, den Satz zu Ende zu denken. Sie wollte ihn so schnell wie möglich wieder vergessen. Am liebsten hätte sie ihn an der Tür zum Pferdeschuppen abgegeben, in dem die drei !!! ihr Hauptquartier eingerichtet hatten.

Als sie vom hellen Sonnenlicht in den dämmrigen Raum trat, stand Kim von ihrem Stuhl auf. »Könntest du vielleicht ein Mal pünktlich sein? Du bist schon wieder eine Viertelstunde zu spät!«

Normalerweise fand Marie Kims Pünktlichkeitstick extrem nervig, doch heute war sie ihr ausnahmsweise dankbar für die Ablenkung.

»Kommt nicht wieder vor«, versprach sie, obwohl sie wusste, dass sie ihr Versprechen mit ziemlicher Sicherheit nicht einhalten konnte. Es gab einfach zu viele wichtige Termine in ihrem Leben, die sie koordinieren musste: Theater-AG, Gesangsstunden, Aerobic und dann noch das Schwimm- und Lauftraining.

»Hoffentlich«, sagte Kim und setzte sich. Ihre Wut war schon wieder halb verraucht. Streit hasste sie nämlich noch mehr als Zuspätkommen und Lügen.

Marie ließ sich auf den letzten freien Stuhl fallen und sah sich kurz um. Mittlerweile war das Hauptquartier des Detektivclubs fast schon ihr zweites Zuhause geworden. Sie mochte die bunten Gardinen, den Flickenteppich und den alten Bollerofen. Ein Riesenvorteil war, dass sie hier wirklich ungestört sein konnten. Und wenn sie etwas ganz besonders Geheimes zu besprechen hatten, gab es die alte Pferdekutsche, in die sie sich zurückziehen konnten. In mühevoller Kleinarbeit hatten sie sie blau angestrichen und mit lauter bunten Ausrufezeichen bemalt.

»Also«, sagte Franzi, nachdem sie allen Cola eingeschenkt hatte. »Dann können wir ja anfangen. Was gibt es denn Neues, Kim? Am Telefon hast du es ja richtig spannend gemacht.«

Kim holte den braunen Umschlag aus ihrer Tasche und legte ihn vor sich auf den Tisch. »Hier drin könnte unser neuer Fall stecken!«

Franzi und Marie griffen gleichzeitig nach dem Umschlag und wollten ihn öffnen.

»Wartet noch kurz!«, sagte Kim. Und dann erzählte sie die ganze Geschichte.

Ihre Freundinnen hörten gebannt zu. Als Kim fertig war, pfiff Franzi durch die Zähne. »Du hast recht, das könnte wirklich etwas für uns sein.«

»Jetzt zeig uns doch endlich, was im Umschlag drin ist!«, sagte Marie ungeduldig.

Kim nahm erst genüsslich einen Schluck von ihrer Cola. Dann machte sie den Umschlag auf und ließ die Karten auf den Tisch fallen. »Wie gesagt, ich hab keine Ahnung, was diese Karten zu bedeuten haben, aber das ...«

Da stieß Marie plötzlich einen spitzen Schrei aus. »Das sind ja Tarotkarten! Dasselbe Deck benutze ich auch!«

Franzi stöhnte: »Tarot! Ich kann das Wort nicht mehr hören. Chrissie sitzt in letzter Zeit dauernd vor diesen doofen Karten.« Franzis sechzehnjährige Schwester ließ keinen Trend aus: egal ob das nun Musik-Castings, Chatrooms oder die neuesten Fitness-Workouts waren.

»Das sind keine doofen Karten!«, rief Marie empört.

Franzi tippte sich mit dem Finger an die Stirn. »Klar, hätte ich mir ja gleich denken können, dass du auf dieses Esoterik-Zeug reinfällst.«

»Moment mal!«, mischte sich Kim ein. »Bevor ihr euch in die Wolle kriegt, könntet ihr mich vielleicht mal aufklären? Was ist dieses Tarot überhaupt?«

Maries Augen leuchteten auf. »Tarot ist genial, das musst du unbedingt auch mal ausprobieren. Die Karten lügen nie. Sie sagen dir deine Zukunft voraus, beantworten alle deine Fragen und helfen dir bei schwierigen Entscheidungen.«

»Ach so«, sagte Kim. »Kartenlegen! Tut mir leid, aber an so was glaub ich wirklich nicht. Und ich will lieber nicht wissen, was in der Zukunft alles Schlimmes passiert. Das erlebe ich noch früh genug.«

Franzi nickte. »Seh ich genauso.«

»Schon gut«, sagte Marie, »selber schuld, ihr verpasst echt was. Aber darum geht es ja jetzt gar nicht. Wir wollen doch rausfinden, was uns dieser komische Typ mit den Karten sagen will.«

»Stimmt«, räumte Kim ein und schob die Karten zu Marie hinüber. »Du kennst dich aus. Dann erzähl uns mal, was die Bilder bedeuten.«

Marie legte den Kopf schräg und machte: »Hmm ... Wenn das so einfach wäre. Es gibt tausend Interpretationen. Außerdem fehlen ja noch Karten und wir wissen weder, welche Frage der Typ gestellt hat, noch, welches Legesystem er benutzt hat.«

»Legesystem?«, fragte Kim. »Was ist das denn schon wieder?«

Marie erklärte es. »Je nachdem, was du wissen willst, legst du die Karten nach einem bestimmten System. Wenn du zum Beispiel erfahren möchtest, was du tun kannst, um irgendein Ziel zu erreichen, legst du das Planspiel oder den Weg. Und wenn du dich fragst, ob ein Junge auf dich steht, nimmst du das Liebesorakel. Und wenn …«

»Was sagt denn das Liebesorakel zu dir und Stefan?«, fragte Franzi dazwischen.

Marie wurde rot. »Keine Ahnung. Ich hab es noch nicht befragt.« Dann kam sie schnell wieder zum eigentlichen Thema zurück. »Leider wissen wir nicht, welches Legesystem der Typ benutzt hat.«

»Vielleicht doch«, sagte Kim. »Im Brief steht irgendwas von einem Keltischen Kreuz.«

Marie nickte. »Ja, das könnte ein Legesystem sein, aber ich bin mir nicht sicher. Ich müsste erst zu Hause in meinem Tarotbuch nachsehen.«

»Schade!«, sagte Franzi. »Wär ja auch zu schön gewesen, wenn wir das Rätsel gleich geknackt hätten.«

Marie breitete die Karten zu einem Fächer aus und betrachtete sie nachdenklich. »Der Teufel bedeutet schon mal nichts Gutes. Da sind dunkle Mächte im Spiel, vielleicht sogar ein Mord …«

Kim lief ein kalter Schauer über den Rücken.

Da zeigte Franzi plötzlich auf die Rückseite der Karten. »Hey, da stehen ja Zahlen drauf!«

Tatsächlich hatte jemand mit einem blauen Marker die Zahlen von 1 bis 5 hinten draufgeschrieben.

»Was soll das denn heißen?«, fragte Kim.

»Ganz einfach«, sagte Marie. »Das ist sicher die Reihenfolge der Karten. Im Legesystem hat jede Karte ihren ganz bestimmten Platz.«

Kim seufzte. »Warum einfach, wenn's auch kompliziert geht!« Dann warf sie einen Blick auf ihre Armbanduhr. »Heute kommen wir sowieso nicht weiter. Treffen wir uns morgen wieder?«

»Gute Idee«, sagte Marie. »Selber Ort, selbe Zeit?«

Franzi schüttelte den Kopf. »Bei mir geht es morgen leider nicht. Bei uns sind die Handwerker da, die machen garantiert einen Höllenlärm.«

Marie versuchte, sich ihre Enttäuschung nicht anmerken zu lassen. Sie hatte so gehofft, Stefan morgen wiederzusehen und mit ihm zu sprechen. Vielleicht war ja alles ein Missverständnis und Stefan war gar nicht mit Sonja zusammen ... Auf jeden Fall hatte sie jetzt erst mal keine Chance, es herauszubekommen.

»Dann also um drei bei mir?«, schlug Kim vor.

Franzi und Marie nickten und damit war die Sondersitzung des Detektivclubs beendet.

Die ganze Nacht und den ganzen nächsten Morgen musste Marie an Stefan denken. Die Vorstellung, dass er und Sonja wieder ein Paar sein könnten, war so schrecklich, dass sie sich wie ein scharfes Messer in ihr Herz bohrte. Da half es auch nichts, dass sie heute mit ihrer Klasse ins Museum gehen und dort ein Gemälde abmalen durfte, obwohl Kunst eines ihrer Lieblingsfächer war.

Wie ein trauriges Schaf trottete Marie hinter Frau Lemming, ihrer Zeichenlehrerin, her. Sie waren so früh dran, dass der Museumswärter gerade erst die Tür aufschloss und sie als Erste hereinließ. Marie kannte das Museum gut, zusammen mit ihrem Vater war sie schon oft hier gewesen. In der großen Eingangshalle hingen wie immer jede Menge Plakate. Eins davon wies auf eine Sonderausstellung über die Kelten hin. Die Ausstellung hätte ihren Vater bestimmt interessiert. Wenn sie sich recht erinnerte, war es in der Kulturgeschichte-Sendung, die er sich neulich angesehen hatte, auch um die Kelten gegangen.

Frau Lemming hatte inzwischen eine Gruppenkarte gekauft und sagte: »So, dann wollen wir mal. Unser Bild hängt oben im ersten Stock.«

In der letzten Zeichenstunde hatte die Lehrerin ihnen viel über Stillleben erzählt, auf denen Blumen, tote Tiere oder Geschirr abgebildet waren. Oft wollten die Künstler damit ausdrücken, dass das Leben vergänglich war. Paul Cézanne, ein französischer Maler, hatte auch viele Stillleben geschaffen. Und eins davon wollten sie heute abmalen. Kurz darauf hatte sich die Klasse in einem großen Saal versammelt.

Marie setzte sich mit den anderen auf den Boden vor das Bild, auf dem Äpfel und Orangen zu sehen waren. Sofort fingen die anderen an, eifrig zu malen. Marie nahm auch ihren Bleistift in die Hand, aber nach ein paar Strichen ließ sie ihn wieder sinken. Das Thema machte sie noch trauriger. War etwa auch ihre Liebe zu Stefan vergänglich?

Nachdem sie sich eine halbe Stunde lang vergeblich gequält hatte, hob sie den Finger.

»Ja, was ist?«, fragte Frau Lemming.

»Darf ich aufs Klo gehen?«, fragte Marie.

Die Lehrerin nickte. »Ja, klar. Du weißt, wo du hinmusst? Die Damentoiletten sind unten im Foyer.«

Marie nickte und legte ihren Block auf den Boden. Dann stand sie erleichtert auf und ging los. Eigentlich musste sie gar nicht aufs Klo, aber sie brauchte dringend einen Tapetenwechsel, um auf andere Gedanken zu kommen. Als sie die Treppe hinunterlief, kam sie am Eingang der Sonderausstellung vorbei. Sie blieb kurz stehen und warf einen Blick hinein.

Da schoss plötzlich ein Mann mit Brille und

grauen Haaren auf sie zu. »Was suchst du denn hier? Hast du dich verlaufen?«

Marie zuckte zusammen. »Ich? Äh ... nein, ich wollte nur mal kurz reinschauen.«

»Hier gibt es nichts zu sehen«, sagte der Mann und stellte sich mit verschränkten Armen vor den Eingang.

»Okay ...«, sagte Marie langsam, während sie ihn so unauffällig wie möglich musterte. Seit sie als Detektivin arbeitete, speicherte sie automatisch die Personenbeschreibung jeder verdächtigen Person in ihrem Gedächtnis ab. Und dieser Mann war eindeutig verdächtig, schließlich tat er so, als wäre die Sonderausstellung nur für ihn alleine da oder als ob er ein Geheimnis darin versteckt hätte, das keiner lüften durfte.

Der Mann war klein, höchstens 1,65 Meter, schlank und hatte graue Haare, die leicht gekraust von seinem Kopf abstanden. Er trug eine Brille mit kleinen runden Gläsern, eine schwarze Strickjacke, eine braune Cordhose und ziemlich ausgelatschte braune Sandalen.

»Hörst du schlecht?«, sagte er. »Hier gibt es nichts für dich.«

Langsam wurde Marie wütend. »Keine Panik! Ich wollte sowieso nicht hier rein.« Damit machte sie auf dem Absatz kehrt und ließ den unsympathischen Typen stehen.

Manche Leute waren echt unverschämt. Nur

weil sie schlechte Laune hatten, hatten sie noch lange nicht das Recht, sie an unschuldigen Kindern auszulassen.

Aber die Begegnung passte zu diesem schrecklichen Vormittag, der einfach nicht zu Ende gehen wollte. Als Marie zu ihrer Klasse zurückkam, dauerte es noch zwei ewige Stunden, bis Frau Lemming sie endlich erlöste und nach Hause schickte.

Sobald sie daheim war, ging Marie in ihr Zimmer und holte ihr Tarotbuch heraus. Auf einmal wusste sie, was sie tun musste. Wenn sie schon keine Gelegenheit hatte, Stefan zu sehen, musste sie wenigstens die Karten legen, um zu erfahren, welche Chancen ihre Liebe zu ihm hatte.

»Liebt er mich?«, flüsterte sie, während sie die Karten mischte und feierlich im Halbkreis auf dem Tisch ausbreitete.

Schon wieder zitterten ihre Hände. Sie atmete ein paarmal tief durch. Dann zog sie vier Karten und legte sie vor sich auf den Tisch. Als sie die Bilder sah, wurde sie blass. Die Prophezeiung war eindeutig!

Auf dem ersten Platz lagen die Sieben Kelche. Das Hauptthema waren also Wunschdenken und falsche Hoffnungen. Die zweite Karte, die Fünf Kelche, verrieten ihr, was sie innerlich bewegte: Sorgen und Kummer. Wie Stefan zu ihr stand, sagte die dritte Karte: Die Zwei Stäbe bedeuteten Gleichgültigkeit. Und den abschließenden Rat gab ihr die Todeskarte. Sie sollte Abschied nehmen und das Alte loslassen!

Marie legte ihren Kopf auf den Tisch und fing an, hemmungslos zu heulen. Die Tränen schossen aus ihr heraus und tropften auf die Tarotkarten. Marie konnte gar nicht mehr aufhören zu weinen.

Alles war aus! Stefan würde sie niemals lieben. Er nahm sie gar nicht richtig wahr, zumindest nicht als Mädchen. Im Grunde hatte sie es immer schon geahnt und sich nur nie eingestehen wollen.

Marie wusste nicht, wie lange sie so am Tisch saß und heulte. Es kam ihr vor wie ein paar Sekunden und gleichzeitig wie Stunden.

Plötzlich klingelte ihr Handy mit der fröhlichen Melodie, die sie sich einmal heruntergeladen hatte, als es ihr richtig gut gegangen war.

Marie nahm das Handy in die Hand und sagte mit tränenerstickter Stimme: »Hallo?«

»Wo bleibst du denn?«, drang Kims empörte Stimme an ihr Ohr. »Wir warten schon wieder auf dich!«

Marie tastete nach ihrer Armbanduhr, die sie auf dem Tisch abgelegt hatte. Die Zeiger standen auf halb vier.

Schnell wischte sie sich die Tränen aus dem Gesicht und sagte: »Ich komme!«

Teuflisches Spiel

»Na endlich!«, rief Kim, als Marie zwanzig Minuten später bei ihr klingelte. »Das wurde aber auch ...« Mitten im Satz vergaß sie, dass sie eigentlich stinkwütend war, und sah ihre Freundin erschrocken an. »Was ist los? Ist was passiert?«

Marie presste die Lippen aufeinander. Mist! Dabei hatte sie extra ihr Make-up aufgefrischt, damit man nicht sehen sollte, dass sie geheult hatte. Es war ihr auch ziemlich gut geglückt. Aber Kim kannte sie einfach zu gut und ließ sich von der künstlichen Farbschicht nicht täuschen.

»Kann ich erst mal reinkommen?«, fragte sie.

»Klar«, sagte Kim und hielt ihr die Tür auf.

Marie schlüpfte an ihrer Freundin vorbei in den Flur und steuerte auf die Treppe zu. Als sie an der Küche vorbeikam, tauchte plötzlich Frau Jülich auf. »Ach, Marie! Du bist es. Franzi ist auch schon da. Trefft ihr euch etwa, um schon wieder diese gefährlichen Detektivsachen zu besprechen?«

»Äh ...«, brachte Marie nur heraus, weil sie so überrumpelt war.

Kim legte einen Arm um sie und lächelte ihre

Mutter extra freundlich an. »Keine Sorge, Mama. Wir lernen bloß zusammen.«

Frau Jülich schluckte die Notlüge und nickte zufrieden. »Sehr schön. Wenn deine Brüder nur auch so fleißig wären!«

»Tja …«, sagte Kim und schob Marie schnell die ersten Stufen der Treppe hoch.

»Viel Erfolg!«, rief Frau Jülich ihnen nach.

»Danke«, antwortete Marie und war heilfroh, als sie endlich in Kims Zimmer war und sich neben Franzi aufs Sofa fallen lassen konnte.

»Langsam nervst du echt mit deiner Unpünktlichkeit«, begrüßte Franzi sie, doch dann merkte auch sie, dass mit ihrer Freundin etwas nicht stimmte. »Was ist los? Hattest du Ärger in der Schule?«

Marie schüttelte den Kopf. Wenn es nur das gewesen wäre!

Kim hielt ihr eine Schale mit Schokoladenkeksen hin. »Hier, nimm! Das hilft immer, bei mir zumindest.«

Marie lehnte ab. Im Moment würde sie keinen einzigen Bissen hinunterbekommen.

Kim stellte die Schale zurück auf den runden Glastisch. Selbst ihr war jetzt der Appetit auf Süßes vergangen. »Erzähl doch! Was ist passiert?«, fragte sie.

»Nichts«, murmelte Marie und starrte auf die verwaschenen Streifen ihrer Jeans.

»Nichts«, wiederholte Franzi trocken, »klar! Mensch, wir sind doch Freundinnen, Marie. Du kannst uns vertrauen.«

Auf einmal hatte Marie einen dicken Kloß im Hals. Franzi hatte recht. Auch wenn sie sich manchmal stritten, wenn es drauf ankam, waren sie immer füreinander da.

Sie schluckte den Kloß hinunter, so gut es ging, und dann erzählte sie alles. Wie sie Stefan beim Telefonieren zugehört hatte und von ihrem schrecklichen Verdacht und von den Tarotkarten, die ihren Verdacht bestätigt hatten.

Franzi und Kim hörten mitfühlend zu und Kim legte ihr zwischendurch tröstend die Hand auf die Schulter.

»Und ihr wisst ja«, sagte Marie am Schluss. »Die Karten lügen nie.« Sie schniefte und suchte in ihrer Hosentasche nach einem Taschentuch. Natürlich hatte sie vergessen, eines einzustecken. Kim reichte ihr eine Packung Papiertaschentücher.

Während Marie sich schnäuzte, sagte Franzi leise: »Ich glaube ja eigentlich nicht an dieses Zeug, aber in dem Fall haben deine Karten recht: Stefan ist wieder mit Sonja zusammen.«

Die Nachricht traf Marie wie ein Schlag auf den Kopf. Franzi hatte ihr auch noch den allerletzten Hoffnungsschimmer genommen.

»Ich hab es erst gestern zufällig erfahren«, erzählte Franzi weiter. »Sonja war beim Abendessen da und Stefan hat … na ja, dauernd unter dem Tisch Händchen gehalten mit ihr und erzählt, dass er sie einfach nicht hat vergessen können, obwohl sie ja einige Zeit nicht zusammen gewesen waren und …«

Marie knüllte das Taschentuch in ihrer Faust zusammen. »Hör bloß auf! Erspar mir die Details!«

»Okay«, sagte Franzi. »Es tut mir so leid für dich! Am besten wäre es, du vergisst Stefan endlich, er ist sowieso viel zu alt für dich. Bestimmt wird er bald dick und fett und bekommt graue Haare.«

Bei der Vorstellung musste Marie kurz lachen, obwohl ihr gar nicht danach zumute war.

»Können wir irgendwas für dich tun?«, fragte Kim. »Willst du vielleicht jetzt einen Schokoladenkeks?«

Marie schüttelte den Kopf. Franzi und Kim waren total lieb, aber wirklich helfen konnten sie ihr auch nicht. Den Liebeskummer musste sie ganz alleine ertragen.

Eine Weile schwiegen alle. Dann räusperte sich Franzi: »Wenn du willst, können wir unser Clubtreffen gern verschieben. Du hast jetzt sicher keinen Nerv dafür, oder?«

»Doch, doch!«, widersprach Marie und richtete sich auf. »Ich muss mich sowieso irgendwie ablenken.«

»Bist du sicher?«, fragte Kim.

Marie stopfte entschlossen das zerknüllte Taschentuch in ihre Hosentasche. »Ja, ganz sicher. Los, lasst uns anfangen mit unserer Sitzung!«

Franzi und Kim tauschten einen kurzen Blick, dann nickten sie.

»Okay«, sagte Franzi. »Hast du das Tarotbuch dabei?«

Marie griff nach ihrer Umhängetasche. »Klar.« Dann holte sie das dicke Buch heraus und schlug es bei der Seite auf, die sie zu Hause mit einem gelben Zettel markiert hatte. »Ich hab auch schon nachgesehen. Es gibt tatsächlich ein Keltisches Kreuz als Legesystem. Hier ist es.« Sie deutete mit dem Zeigefinger auf die Zeichnung, in der die einzelnen Tarotkarten zu einem Kreuz angeordnet waren, das von einem Kreis umschlossen war. Die Karten waren dabei von 1 bis 10 nummeriert. Interessiert beugten sich Kim und Franzi über die Zeichnung.

»Das erinnert mich irgendwie an etwas«, murmelte Kim. »Ich komm nur gerade nicht drauf ...«

»Also mich erinnert das an gar nichts«, sagte Franzi.

Plötzlich schlug sich Kim mit der Hand gegen die Stirn. »Jetzt weiß ich es wieder! Wir waren mal in den Ferien in Schottland, da hab ich auf einem alten Friedhof so ein keltisches Kreuz aus Stein gesehen. Das war echt beeindruckend.«

Marie nickte. »Glaub ich dir sofort. Die Legesysteme haben oft reale Vorbilder.«

Franzi studierte inzwischen den Text über der Zeichnung. »Hier steht auch, wann man das Keltische Kreuz legt. Typische Fragen sind: Wie entwickelt sich mein Vorhaben? Und: Wie geht es weiter?«

»Okay«, sagte Kim, während sie scharf nachdachte. »Dann sind wir ja schon mal einen Schritt weiter. Der anonyme Briefeschreiber will uns eine Botschaft übermitteln und in der Botschaft steht eine wichtige Information über irgendein Vorhaben.«

»Ganz genau«, bestätigte Marie. »Normalerweise würde der Briefeschreiber die Karten über sein eigenes Vorhaben befragen, aber in unserem Fall könnte es auch ein Vorhaben von einer anderen Person sein. Das würde erklären, warum er den Brief überhaupt verschickt hat. Vielleicht will er uns ja vor irgendetwas warnen oder so.«

Franzi seufzte. »Aber noch wissen wir das nicht. Es gibt also zwei Möglichkeiten, mit denen wir rechnen müssen. Und die genaue Frage kennen wir auch nicht.«

»*Noch* nicht«, verbesserte Marie und griff

nach der Schale mit den Schokoladenkeksen. Gedankenverloren schob sie sich einen Keks in den Mund, ohne zu schmecken, was sie da eigentlich aß.

Kim stand auf und holte von ihrem Schreibtisch den braunen Umschlag. Vorsichtig holte sie die fünf Karten heraus und breitete sie der Reihenfolge nach auf dem Glastisch aus. »Und was bedeuten jetzt die einzelnen Positionen der Karten?«

Marie zeigte auf die Liste, die auf der gegenüberliegenden Seite der Kreuzzeichnung stand. »Hier sind die Positionen erklärt: Die erste Karte steht für die Ausgangssituation.«

Franzi hob die Karte hoch, die auf der Rückseite mit der Zahl 1 nummeriert war. »Das ist die Frau mit dem komischen Vogel in der Hand. Und rechts und links von ihr sind neun gelbe kleine Kreise.«

»Das sind Münzen«, erklärte Marie. »Beim Tarot gibt es vier verschiedene Elemente: Die Münzen stehen für das Element Erde, die Kelche für Wasser, die Schwerter für Luft und die Stäbe für Feuer.«

Kim schrieb schnell alles in ihr Heft, das sie als Notizbuch für unterwegs verwendete. Später würde sie die Infos in ihr Detektivtagebuch übertragen.

Marie blätterte inzwischen im Tarotbuch zu

der Stelle, in dem die Neun-Münzen-Karte genauer erklärt wurde. »Also, hier heißt es: Günstiger Augenblick. Die Ausgangssituation ist eine gute Gelegenheit oder ein Gewinn. Der Jagdfalke auf der Hand der Frau bedeutet, dass die Zeit günstig ist, um Beute zu machen.«

»Na also!«, rief Kim. »Das klingt doch ziemlich eindeutig nach einem Raub oder einem ähnlichen Verbrechen.«

Marie nickte aufgeregt. In ihrem Bauch fing es an zu kribbeln. Das war ein gutes Zeichen, denn dieses merkwürdige Kribbeln bekam sie immer, wenn die drei !!! einen neuen Fall an Land zogen.

»Dann sehen wir uns doch mal gleich die zweite Karte an«, sagte Franzi und griff nach der Karte mit dem Mann, der gerade aus einem Albtraum aufzuwachen schien.

Marie blätterte schnell zurück zum Keltischen Kreuz. »Die zweite Karte steht für den hinzutretenden Impuls zur ersten Karte. Er kann entweder förderlich oder hinderlich sein.«

Kim sah sich die Karte genauer an. »Ich tippe darauf, dass es eher ein Hindernis ist.«

»Das glaube ich auch«, sagte Marie, während sie die Seite aufschlug, auf der die Neun Schwerter erläutert wurden. »Das ist die klassische Sorgenkarte. Sie bedeutet Sorgen, Ängste, schlechte Nachrichten oder auch Gewissensbisse.«

Franzis Augen fingen an zu leuchten. »Gewissensbisse, das macht Sinn! Der Briefeschreiber oder eine andere Person plant einen Raub, aber er weiß natürlich, dass das eine illegale Sache, also ein Verbrechen ist.«

Das Kribbeln in Maries Bauch wurde stärker. Tief in ihrem Herzen spürte sie zwar immer noch den Kummer wegen Stefan, aber im Moment gab ihr das andere positive Gefühl richtig Auftrieb.

»Jetzt bin ich aber auf die dritte Karte gespannt«, sagte sie. »Da geht es nämlich darum, was der Fragende klar vor Augen hat und bewusst anstrebt.« Bei der Karte mit den zehn Münzen fand sie die Deutung Reichtum. »Das passt super dazu: Der Täter möchte reich werden durch den Raub, obwohl er gleichzeitig Gewissensbisse hat.«

Jetzt fehlten nur noch zwei Karten. Auf der vierten Position, die die unbewusst treibende Kraft des Fragenden zeigte, lagen die Sechs Stäbe. Der Reiter mit den zwei Lorbeerkränzen, der darauf abgebildet war, stand ganz klar für Sieg und Triumph. Auch das passte ins Bild. Jemand, der ein Verbrechen plante, hoffte natürlich darauf, dass er es so clever anstellte, dass er ohne Strafe und mit einem persönlichen Triumph davonkam. Gespannt beschäftigten sich die drei !!! nun mit der letzten Karte, dem bedrohlich aussehenden Teufel. An fünfter Position wies er zurück in die jüngste Vergangenheit und beleuchtete die Ursachen und Hintergründe der jetzigen Situation.

Kim, Franzi und Marie sahen sich schweigend an. Alle drei ahnten, was der Teufel ihnen sagen wollte.

»Die dunkle Seite«, flüsterte Kim.

Marie nickte düster. »Wer auch immer dieses Verbrechen plant, war schon früher in Gewalt und schwarze Magie verstrickt.«

»Schwarze Magie«, wiederholte Franzi leicht verächtlich und versuchte, die Gänsehaut auf ihrem Nacken zu ignorieren. »Das geht mir jetzt aber zu weit. Zauberer gibt es nicht, weder gute noch böse. Können wir uns auf eine Person einigen, die schon früher eine Straftat begangen hat?«

»Können wir«, sagte Marie, obwohl sie im Gegensatz zu Franzi sehr wohl an schwarze Magie glaubte. Neben der normalen Realität, in der die Menschen lebten, gab es viele geheimnisvolle Kräfte, die im Verborgenen wirkten und die wir nur meistens nicht wahrnahmen.

»Und was machen wir jetzt?«, fragte Kim.

Franzi zuckte mit den Achseln. »Keine Ahnung. Das ist irgendwie alles noch so diffus. Wir haben viel zu wenig Spuren, um mit den Ermittlungen anzufangen.«

Marie seufzte. »Ja, das stimmt.« Trotzdem wehrte sie sich dagegen, gleich wieder aufzugeben, bevor die Sache richtig begonnen hatte. Dazu waren die Karten einfach zu spannend. Schnell ließ sie noch mal alle Karten vor ihrem inneren Auge erscheinen. Es musste noch einen zusätzlichen Hinweis geben, den sie bisher einfach übersehen hatten. Zu dumm, dass sie erst fünf Karten hatten. Die anderen fünf Karten, die das Keltische Kreuz vervollständigten, hätten ihnen bestimmt weitergeholfen. Das Keltische Kreuz ...

Plötzlich ließ Marie die Hände sinken. Auf einmal fiel ihr wieder der schreckliche Vormittag ein und ein verrückter Gedanke schoss durch ihren Kopf. »Vielleicht hat ja das Keltische Kreuz noch etwas anderes zu bedeuten als nur das Legesystem.« Kim und Franzi sahen sie verständnislos an.

»Wie meinst du das jetzt?«, fragte Franzi.

Marie rutschte an die vordere Kante des Sofas. »Das Keltische Kreuz könnte doch mit den Kelten zu tun haben.«

»Ach so«, sagte Kim. »Stimmt, warum nicht? In Geschichte haben wir mal die Kelten durchgenommen. Aber das ist so lange her, dass ich alles komplett vergessen habe.«

Franzi grinste. »Geschichte ist sowieso nicht meine Stärke.«

»Meine leider auch nicht«, gab Marie zu. »Das heißt, wir müssen jemanden fragen, der sich damit auskennt. Und ich hab auch schon so eine Idee, wo wir hingehen könnten.«

»Zu deinem Vater?«, fragte Kim.

»Nein«, sagte Marie. »Den sollten wir da lieber nicht mit reinziehen. Ich kenne eine Quelle, die viel zuverlässiger ist.«

Franzi stöhnte. »Jetzt rück schon endlich raus damit.«

Marie sah ihre Freundinnen triumphierend an. »Ganz einfach, wir gehen ins Museum. Da ist nämlich gerade eine Sonderausstellung zu den Kelten. Und wo es eine Ausstellung gibt, gibt es auch einen Experten.«

Experten, besonders wenn es sich um Wissenschaftler handelte, hatten leider oft die Angewohnheit, sich in ihren Büros zu vergraben, um dort in aller Ruhe zu forschen. Doch darauf konnten die drei !!! heute keine Rücksicht nehmen. Sie mussten diese heilige Ruhe stören und sie hatten sich auch bestens darauf vorbereitet, wie sie an ihre Informationsquelle gelangen konnten, ohne bereits im Vorzimmer abgewimmelt zu werden. Am nächsten Nachmittag um 14:03 Uhr betraten Kim und Franzi das Museum. Sie gingen im Foyer auf und ab und taten so, als würden sie sich für die Plakate und Prospekte interessieren. Doch während sie leise miteinander redeten, behielten sie die ganze Zeit den Eingang im Auge.

Und dann kam auch schon die Person herein, auf die sie gewartet hatten: eine elegant gekleidete Frau mit langen schwarzen Haaren, die einen leichten, beigefarbenen Sommermantel und eine braun getönte Sonnenbrille trug. Um den Hals hatte sie sich einen blauen Seidenschal geschlungen, und als sie in ihren hochhackigen

Sandalen zielstrebig auf die Kasse zusteuerte, hinterließ sie einen verführerischen Duft nach Maiglöckchen-Parfüm. Automatisch drehten sich einige Männer nach ihr um und sahen ihr bewundernd nach.

Die Frau kümmerte sich nicht um die Blicke, sondern reihte sich ruhig in die Schlange vor der Kasse ein. Als sie drankam, setzte sie ein verbindliches Lächeln auf und sagte zur Museumsangestellten hinter der Kasse: »Guten Tag! Mein Name ist Tamara Solms und ich arbeite als Redakteurin für *Afternoon*, die beliebte Nachmittagssendung für Jugendliche im Fernsehen.«

»Ja, und?«, fragte die Angestellte und hob verwundert die Augenbrauen.

Schnell redete die Frau weiter: »Wir wollen unserer Zielgruppe die unglaublich spannende Keltenausstellung vorstellen. Deshalb bin ich hier: Ich möchte den Leiter der Ausstellung interviewen.«

»Tut mir leid, aber da müssen Sie erst einen Termin vereinbaren«, sagte die Angestellte und wollte die Frau beiseiteschieben, um sich den nächsten Besuchern zu widmen.

Aber das ließ sich die Frau nicht gefallen, genauer gesagt, das ließ Marie sich nicht gefallen. Deshalb hatte sie sich nicht extra zwei Stunden verkleidet und geschminkt, um gleich bei der ersten kleinen Schwierigkeit aufzugeben.

Sie stemmte die Hände in die Hüften und wich keinen Millimeter von der Stelle. »Ich *habe* einen Termin vereinbart.«

»Mit Herrn Professor Degen?«, fragte die Angestellte verwirrt.

Marie verzog ihre dunkelrot geschminkten Lippen zu einem feinen Lächeln. »Ganz genau.«

Die Angestellte blätterte hastig in ihrem Terminkalender.

»Dauert das noch lange da vorne?«, beschwerte sich ein Rentner aus dem hinteren Teil der Schlange, die mittlerweile ziemlich lang geworden war.

Marie drehte sich lässig um. »Nur noch eine Sekunde. Vielen Dank für Ihre Geduld!«

Der Rentner schnaubte: »So eine Frechheit! Die hält hier den ganzen Betrieb auf.«

Ein paar andere Besucher stimmten ihm zu, indem sie unwillig vor sich hin murrten.

»Typisch!«, sagte eine Frau mit rot gefärbten Haaren. »Immer stellen sie viel zu wenig Personal ein.«

Marie ließ sich davon nicht aus der Ruhe bringen. Die Angestellte dagegen bekam leichte Schweißperlen auf der Stirn. »Ich versteh das nicht«, sagte sie. »Hier ist nichts eingetragen. Solms heißen Sie, nicht wahr?«

»Richtig«, antwortete Marie. »Tamara Solms.«

Die Angestellte schüttelte den Kopf. »Tut mir leid, aber ich kann den Termin nicht finden.«

Marie stützte sich mit den Händen auf den Tresen und beugte sich vor. »Ich *habe* einen Termin. Gestern habe ich angerufen und man hat mir den Termin sofort bestätigt. Wenn Sie also so freundlich wären ...«

»Ich glaube Ihnen ja«, versicherte die Angestellte, die immer nervöser und unsicherer wurde. »Da muss irgendein Versehen passiert sein. Einen kleinen Moment, bitte, ich werde nachfragen, ob der Herr Professor jetzt Zeit für Sie hat.«

»Wie lang dauert das denn noch?«, rief der Rentner von hinten. Seine Stimme schnappte fast über vor Wut.

»Es geht gleich weiter«, sagte die Angestellte und griff hektisch zum Telefon. »Ja, hier Wagner vom Empfang. Bei mir ist eine Dame vom Fernsehen, die den Professor dringend sprechen muss. Sie hat einen Termin vereinbart, aber da muss etwas schiefgelaufen sein ... Hm ... ja ... verstehe ... alles klar.« Sie legte auf und sah Marie sichtlich erleichtert an. »Sie können zu ihm kommen. Erster Stock links, gegenüber der Sonderausstellung, ganz hinten im Flur die letzte Tür rechts.«

Marie nickte. »Vielen Dank!«

Und dann rauschte sie an der Schlange vorbei, ohne sich um die empörten Bemerkungen zu kümmern, die ihr die Leute nachriefen.

Mit energischen Schritten, so schnell es ihre hochhackigen Sandalen erlaubten, lief sie die Treppe hoch. Franzi und Kim folgten ihr unauffällig. Während Marie im ersten Stock hinter der Schwingtür verschwand, warteten ihre Freundinnen draußen.

Marie holte tief Luft. Die erste Hürde war geschafft, aber die zweite lag noch vor ihr. Als sie an die Tür mit dem Namensschildchen »Prof. Degen« klopfte, rief eine helle Frauenstimme: »Herein!« Und dann stand Marie im Vorzimmer des Professors. Die Sekretärin trug eine weiße Bluse, die sie bis zum Hals zugeknöpft hatte, und musterte Marie abschätzig. »Sie sind also die Frau vom ... *Fernsehen.*« Sie sprach das Wort aus, als ob es sich um eine aufdringlich riechende Seife handeln würde. »Warten Sie bitte einen Moment.«

Marie sah ihr zu, wie sie lautlos die Zwischentür öffnete und hindurchschlüpfte. Dann hörte sie halblaute Stimmen. Kurz darauf ließ die Sekretärin sie endlich in die heiligen Hallen eintreten.

Stickige, staubige Luft schlug Marie entgegen, als sie das Büro des Professors betrat, das von oben bis unten mit Büchern vollgestopft war.

»Eigentlich passt es mir jetzt gar nicht«, sagte Professor Degen und kam mit schnellen Schritten auf sie zu.

»Keine Sorge, es dauert nicht …«, sagte Marie und blieb mit offenem Mund stehen. Vor ihr stand der unsympathische Typ, den sie gestern auf der Treppe gesehen hatte und der sie von der Keltenausstellung hatte fernhalten wollen. Heute hatte er seine schwarze Strickjacke und die braune Cordhose gegen einen schwarzen Anzug mit einer grell gemusterten Krawatte getauscht und wirkte damit noch verkleideter als Marie.

Krampfhaft versuchte sie, sich den Schock nicht anmerken zu lassen. Am liebsten wäre sie gleich wieder umgekehrt, aber jetzt musste sie professionell sein und ihr Ding durchziehen.

»Vielen Dank, dass Sie sich Zeit für mich nehmen«, sagte sie extra freundlich und sah sich nach einem Stuhl um.

Alle Plätze waren mit Bücherstapeln belegt und der Professor dachte nicht daran, ihr einen Stuhl frei zu räumen. Stattdessen ging er zu seinem Schreibtisch und nahm einen grünen Schnellhefter von einem der Papierberge.

»Hier«, sagte er und hielt Marie den Hefter hin. »Das sind unsere Presseunterlagen. Da steht alles drin, was Sie wissen müssen. Haben Sie sonst noch Fragen?« Es klang nicht gerade einladend.

»Ja«, sagte Marie. »Aber zuerst muss ich Ihnen etwas gestehen. Ich bin gar nicht Redakteurin und ich arbeite auch nicht für *Afternoon.*«

Professor Degen riss die Augen auf. »Wie bitte?«

Langsam griff Marie an ihren Kopf und nahm die Perücke ab, unter der ihre langen blonden Haare zum Vorschein kamen. Danach legte sie die Sonnenbrille ab und steckte sie in den Kragen ihres Mantels.

»Was soll das?«, rief Professor Degen. »Was wird hier gespielt? Moment mal ... Ich kenn dich doch. Hab ich dich nicht schon mal irgendwo gesehen?«

»Kann sein«, sagte Marie. Wenn er nicht selbst draufkam, wollte sie ihn nicht unbedingt auf die unerfreuliche Begegnung stoßen. »Ich brauche Ihre Hilfe«, redete sie weiter und fischte eine Visitenkarte der drei !!! aus ihrer Manteltasche. »Das heißt, unser Detektivclub braucht Ihre Hilfe.« Lächelnd streckte sie dem Professor die Karte hin.

Der nahm sie und starrte darauf, aber Marie war sich nicht sicher, ob er tatsächlich auch las, was darauf stand.

»Franzi, Kim und ich sind gerade an einem neuen Fall dran, bei dem wir nicht weiterkommen. Es geht um das keltische Kreuz ...«

Weiter kam sie nicht. Professor Degens blasses Gesicht lief knallrot an. »Was fällt dir ein?«, rief er empört. »Wie kannst du es wagen, dich bei mir einzuschmuggeln? Mach sofort, dass du von hier wegkommst!«

»Aber ich möchte doch nur ...«, verteidigte sich Marie.

»Raus hier!«, rief der Professor.

Marie machte vor Schreck zwei Schritte nach hinten. Als hätte sie damit eine unsichtbare Lichtschranke ausgelöst, ging plötzlich die Zwischentür auf und die Sekretärin rauschte herein.

»Herr Professor?«, fragte sie. »Brauchen Sie Hilfe?«

Professor Degen zeigte mit zitterndem Finger auf Marie und zischte: »Sorgen Sie dafür, dass diese Person, dieses unverschämte Mädchen, mir nie wieder unter die Augen kommt!«

»Selbstverständlich, Herr Professor«, antwortete die Sekretärin. Dann packte sie Marie mit eisernem Griff bei den Schultern und drängte sie zur Tür hinaus.

»Aber ich kann das alles erklären«, rief Marie verzweifelt.

»Nichts wirst du erklären«, sagte die Sekretärin und griff noch härter zu.

Marie schrie auf: »Aua! Sie tun mir weh!«

»Auf Nimmerwiedersehen«, sagte die Sekretärin ungerührt. »Lass dich hier nie wieder blicken!«

Bevor Marie wusste, wie ihr geschah, stand sie draußen im Flur und die Sekretärin knallte ihr die Tür vor der Nase zu.

Marie rieb sich die schmerzenden Schultern und schüttelte den Kopf. »Das gibt's doch nicht! Sind denn hier alle komplett verrückt geworden?« Dann ging sie wütend zurück zu Franzi und Kim.

»Was ist denn mit dir los?«, fragte Kim. »Du bist ja total aufgelöst.«

»Kein Wunder!«, sagte Marie und dann erzählte sie, was gerade passiert war.

Franzi pfiff durch die Zähne. »Hui! Da scheint

aber einer ganz schön Dreck am Stecken zu haben, sonst hätte er sich wohl kaum so stark aufgeregt.«

»Der Typ war mir gestern schon total unsympathisch«, sagte Marie.

»Gestern?«, hakte Kim nach.

Marie fiel ein, dass sie ihren Freundinnen noch gar nicht von der ersten Begegnung auf der Treppe erzählt hatte. Das holte sie schnell nach.

Jetzt pfiff auch Kim durch die Zähne. »Der hat eindeutig was zu verbergen. Ich finde, wir sollten die Spur sofort verfolgen, solange sie noch heiß ist. Die Infos über das keltische Kreuz können wir uns auch übers Internet besorgen.«

Marie und Franzi tauschten einen kurzen Blick und waren sich rasch einig. »Okay«, sagte Franzi. »Am besten nehmen wir das Büro des Professors gleich mal genauer unter die Lupe.«

Marie winkte ab. »Schlechtes Timing. Er ist gerade selber drin und wird uns bestimmt nicht freiwillig alles zeigen.«

»Und was ist mit dem Büro seiner Sekretärin?«, fragte Kim. »Vielleicht finden wir ja da irgendwelche Hinweise.«

Marie stöhnte. »Und wie sollen wir bitte schön den Vorzimmerdrachen aus ihrem Büro vertreiben?«

Franzi grinste. »Ich hätte da schon eine Idee.«

Die drei !!! steckten die Köpfe zusammen und Franzi weihte sie in ihren Plan ein.

Kim kicherte. »Könnte klappen. Also ich bin dabei.«

»Das müsst ihr aber alleine machen«, sagte Marie. »Mich kennt die Sekretärin ja schon, da würde sie sofort Verdacht schöpfen.«

Franzi hakte sich bei Kim ein. »Kein Problem.« Und schon öffnete sie schwungvoll die Tür.

Fünf Sekunden später stürmte sie zusammen mit Kim das Vorzimmer des Professors. »Haben Sie zufällig eine weiße Maus gesehen?«

Die Sekretärin wurde blass. »Wie bitte?«

Kim setzte einen verzweifelten Gesichtsausdruck auf. »Ja, wir haben unsere Maus verloren. Vorhin saß sie noch auf meiner Schulter, aber dann ist sie auf einmal weggerannt. Ich glaube, sie ist genau auf Ihre Tür zugelaufen.«

»Iieeeh!«, rief die Sekretärin, sprang auf und flüchtete panisch aus dem Zimmer.

Kim klopfte Franzi anerkennend auf die Schulter. »Geniale Idee. Jetzt aber schnell! Sie kommt sicher bald wieder zurück. Und der Professor darf uns nicht erwischen.«

Rasch machte Franzi die Tür zu. Dann sah sie sich in dem kleinen, quadratischen Raum um. Im Gegensatz zu Professor Degen war die Sekretärin anscheinend ein Ordnungsfanatiker. Fein säuberlich waren die Aktenordner in den Regalen aufgereiht und auch der Schreibtisch war bis auf einen Ablagekorb frei geräumt.

Neugierig nahmen Franzi und Kim den kleinen Papierstapel aus dem Korb und blätterten die Seiten durch. Auf den ersten Blick erkannten sie, dass es sich dabei um Listen von Ausstellungsstücken handelte: von alten Bronzegefäßen, Trinkhörnern, Schwertern und Schmuck. Jedes der Stücke war fotografiert und genau klassifiziert worden. Auch die Schätzungen der Preise standen dabei.

»Wow!«, flüsterte Franzi. »Ich hab gar nicht gewusst, dass dieses alte keltische Zeug so viel wert ist.«

»Ich auch nicht«, flüsterte Kim zurück. »Sieh mal! Hier bei den goldenen Halsringen hat jemand die Preise rot angestrichen.«

Franzi nickte. Das konnte nur eins bedeuten: Der Professor interessierte sich weniger für die Kunst und Kultur der Kelten als für das Geld, das sich damit herausschlagen ließ. Vielleicht wollte er sich ja die teuersten Exponate unter den Nagel reißen, sobald die Sonderausstellung zu Ende war.

Kim machte schnell mit ihrem Fotohandy ein paar Schnappschüsse der Seiten. Dann zog sie Franzi am Arm. »Los, lass uns verschwinden.«

»Gleich«, sagte Franzi, während sie auf dem Bildschirm des Computers nach weiteren verdächtigen Spuren suchte.

In dem Moment hörten sie plötzlich die Stimme des Professors. Die Schallisolierung der Zwischentür war offenbar nicht besonders gut oder die Wände sehr dünn.

»Was?«, rief der Professor laut. »Keltengrabräuber? Woher haben Sie diese Information?«

Kim und Franzi rührten sich nicht von der Stelle und sperrten die Ohren auf.

»Sie haben wieder zugeschlagen?«, fragte Professor Degen und seine Stimme rutschte eine halbe Oktave höher. »Sie haben sich nicht verhört? Ganz sicher? ... Das darf doch nicht wahr sein! ... Nein, sind Sie wahnsinnig? Die Presse darf nichts davon erfahren! ... Hören Sie! Das muss unbedingt geheim bleiben. Sie erzählen kein Wort. Niemandem, haben Sie mich verstanden? ... Nein, auf gar keinen Fall! Ich verlasse mich auf Sie.«

Dann klackte es. Der Professor hatte aufgelegt. Kim und Franzi zuckten zusammen und huschten zur Tür. Blitzschnell machten sie sich aus dem Staub und rannten den Flur entlang. Zum Glück begegnete ihnen kein Mensch. Trotzdem pochte Kims Herz heftig gegen ihre Rippen und es hörte erst auf zu rasen, als die drei !!! längst das Museum verlassen und sich im *Café*

Lomo zu einer aktuellen Lagebesprechung versammelt hatten.

»Wisst ihr, was ich glaube?«, sagte Franzi, während die Detektivinnen klirrend mit ihren Colagläsern anstießen. »Dieser Professor steckt mit diesen Grabräubern unter einer Decke. Deshalb will er nicht, dass die Sache an die Presse kommt.«

Kim kühlte sich die Handgelenke mit ihrem Glas, an dessen Außenseite Wassertropfen kondensierten. »Gut möglich. Verdächtig ist er jedenfalls, ganz klar.« Dann stöhnte sie. »Oh Mann! Jetzt haben wir schon wieder zwei Fälle auf einmal: die Tarotgeschichte und den Grabraub.«

Marie lehnte sich im Sofa zurück und sah lächelnd in die Runde. »Abwarten, vielleicht hängen die beiden Fälle ja irgendwie zusammen!«

Gefahr im Anzug

Eine Stunde später lief Kim mit einer Tüte Gummibärchen in der Hand zum Gartenschuppen hinter dem Haus. Sie musste unbedingt mit ihrem Vater reden und unter der Woche am Nachmittag gab es nur einen Ort, an dem er mit ziemlicher Sicherheit anzutreffen war: bei seinen geliebten Kuckucksuhren, an denen er in jeder Minute seiner knapp bemessenen Freizeit bastelte.

Als Kim den Gartenschuppen betrat, fand sie ihren Vater tatsächlich an der Werkbank. Er beugte sich gerade über eine quietschgelbe Kuckucksuhr und schraubte vorsichtig das Gehäuse auf.

»Hallo, Papa!«, sagte sie und schlang ihm von hinten die Arme um den Hals.

Herr Jülich ließ den Schraubenzieher sinken. »Das ist ja eine Überraschung! Na, wie geht's dir?«

»Gut«, sagte Kim und legte die Gummibärchentüte auf die Werkbank. »Lust auf was Süßes?«

Ihr Vater lachte. »Klar, immer.« Dann riss er die Tüte auf, nahm sich eine Handvoll Gummibärchen und ließ sie genüsslich im Mund verschwinden.

Kim stibitzte sich ein rotes Bärchen. »Du, Papa ...«

»Ja?«, fragte er zurück und zwinkerte ihr zu. »Was hast du auf dem Herzen? Wenn du mir Gummibärchen bringst, willst du bestimmt was von mir als Gegenleistung.«

Kim wurde rot. »Ich wollte nur wissen, ob du dich noch an den anonymen Brief von deinem Kollegen erinnerst?«

»Natürlich«, sagte Herr Jülich. »Wieso, was ist damit?«

»Ach, nichts«, sagte Kim so beiläufig wie möglich. »Hast du irgendeine Idee, welcher Kollege das sein könnte?«

Ihr Vater schüttelte den Kopf und nahm wieder seinen Schraubenzieher in die Hand. »Keine Ahnung. Ehrlich gesagt interessiert es mich auch nicht. Jemanden, der so feige ist, dass er anonyme Briefe schreiben muss, will ich gar nicht als Kollegen haben.«

»Hm ...«, machte Kim. »Schade. Und kennt sich einer deiner Kollegen zufällig mit Kartenlegen aus, mit Tarot oder so?«

»Nicht dass ich wüsste«, sagte Herr Jülich. »Warum willst du das denn wissen?«

»Nur so«, behauptete Kim und angelte sich noch ein rotes Gummibärchen aus der Tüte.

Herr Jülich grinste. »Du heckst doch bestimmt wieder was aus, oder? So eine Detektivsache vielleicht?«

»Nö …«, sagte Kim gedehnt. »Wie kommst du denn da drauf?« Dann gab sie ihrem Vater einen flüchtigen Kuss auf die stachelige Wange und ging wieder zurück zur Tür.

Gerade als sie den Schuppen verlassen wollte, drehte Herr Jülich sich zu ihr um. »Ich hab übrigens heute wieder Post bekommen, so einen braunen Umschlag ohne Absender. Vielleicht hilft dir das ja weiter.«

Sofort war Kim wieder bei ihm. »Was? Wo ist der Umschlag?« Ihr Vater deutete mit dem Schraubenzieher zum Papierkorb. »Da drin. Ich hab ihn gleich weggeworfen.«

Kim lief zum Papierkorb und wühlte aufgeregt darin. Unter einem Haufen Sägespäne fand sie den Umschlag und zog ihn vorsichtig heraus. Dann gab sie ihrem Vater einen zweiten Kuss, diesmal einen richtig dicken. »Danke!«

»Keine Ursache«, sagte Herr Jülich. »Aber deiner Mutter erzählen wir nichts davon, oder?«

Kim legte den Zeigefinger an die Lippen. »Kein Wort!«

Ihr Vater war wirklich super. Im Gegensatz zu seiner Frau machte er kein Drama draus, dass sie als Detektivin arbeitete.

Und dann rannte Kim los. Sie konnte es kaum

erwarten, in ihrem Zimmer zu sein und den Umschlag aufzumachen. Immer zwei Stufen auf einmal rannte sie die Treppe hoch. Doch als sie gerade ihre Zimmertür hinter sich zuziehen wollte, drückten die Zwillinge sie im letzten Moment auf und quetschten sich ins Zimmer.

»Hallo, Kim! Hast du mal kurz Zeit für uns?«, fragte Ben.

Kim musterte die betretenen Gesichter ihrer Zwillingsbrüder. »Sagt bloß, ihr wart schon wieder an meinem Computer?«

Ben und Lukas schüttelten im selben Rhythmus die Köpfe. Sie schienen die Wahrheit zu sagen.

Erleichtert atmete Kim auf. »Was wollt ihr dann?«

»Bitte!«, sagte Lukas. »Du musst uns helfen!« Zur Bekräftigung hing sich Ben an ihr Hosenbein.

Kim schüttelte seine Klammerhände ab. »Jetzt ist es wirklich total schlecht. Hat das nicht bis morgen Zeit?«

»Nein, dann ist es zu spät!« Lukas klimperte sie mit den langen Wimpern seiner Augen an. »Wir kapieren die Mathehausaufgabe nicht. Du bist doch so gut in Mathe und kannst so toll erklären!«

Kim seufzte. »Warum geht ihr denn nicht zu Mama? Die hilft euch bestimmt gern.«

»Geht nicht«, sagte Ben. »Die kapiert es auch nicht.«

Kim stöhnte. Warum musste ausgerechnet sie mit den nervigsten Zwillingsbrüder der ganzen Welt geschlagen sein? Warum konnte sie nicht auch so einen netten, gut aussehenden großen Bruder haben wie Franzi?

»Bitte!«, sagte Lukas und klimperte wieder mit seinen langen Wimpern. »Wir machen dafür auch was für dich.«

»Wir übernehmen deinen Küchendienst«, schlug Ben vor. »Wir räumen die Spülmaschine aus und bringen den Müll runter. Eine Woche lang.«

Kim verschränkte die Arme vor der Brust und überlegte. Der Vorschlag war gar nicht so schlecht. Dann grinste sie plötzlich. »Zwei Wochen!«

Ihre Zwillingsbrüder maulten kurz, doch schließlich nahmen sie das Angebot an.

»Okay«, sagte Kim. »Dann bringt mal eure Hefte her.«

Das ließen sich Ben und Lukas nicht zweimal sagen. Kurz darauf kamen sie mit den Heften angesaust. Kim setzte sich mit ihren Brüdern an den Tisch und sah sich die Aufgaben an. Sie waren babyleicht und genauso babyleicht zu erklären. Im Nu hatten die Zwillinge die Aufgaben kapiert und zogen endlich ab.

Kim atmete auf und verschloss sorgfältig die Tür hinter ihnen. Dann warf sie sich aufs Bett und öffnete den Umschlag. Ein Brief und zwei Tarotkarten lagen darin. Kim las zuerst den Brief.

Lieber Herr Jülich,
wie versprochen schicke ich Ihnen heute zwei weitere Karten. Inzwischen haben Sie sicher herausgefunden, dass es sich um Tarotkarten handelt. Ich hoffe, Sie konnten die Botschaft der ersten fünf Karten mit dem Legesystem des Keltischen Kreuzes erfolgreich entschlüsseln. Verzeihen Sie das Wort »hoffe«! Bestimmt konnten Sie es, schließlich sind Sie einer der klügsten und erfahrensten Kollegen, die ich kenne.
Bitte helfen Sie mir! Handeln Sie sofort, spätestens, wenn Sie alle zehn Karten vor sich liegen haben. (Ich schicke sie Ihnen, sobald ich nähere Informationen habe.) Die Zeit drängt, bald kann es zu spät sein!
Sie sind meine letzte Rettung!
Viele herzliche Grüße von
Ihrem Kollegen
PS: Achten Sie auch auf andere »keltische« Zeichen und lesen Sie täglich die Lokalnachrichten in der Zeitung!

Nachdenklich las Kim den Brief ein zweites Mal durch, bevor sie ihn weglegte und nach den zwei Tarotkarten griff. Auf der Karte, die auf der Rückseite mit der Zahl 6 nummeriert war, erkannte sie einen Mann, der auf Zehenspitzen lief und fünf Schwerter davontrug. Zwei weitere Schwerter steckten hinter ihm im Boden. Aus diesem Motiv wurde Kim genauso wenig schlau wie aus dem der siebten Karte: Dort wanderte ein Mann im roten Mantel in die entgegengesetzte Richtung des Betrachters. Über ihm schien der Mond, um ihn herum waren Felsen und Wasser und im Vordergrund waren acht Kelche abgebildet. Die einzige Vermutung, die Kim hatte, war, dass der Mann sich gerade verabschiedet hatte und nun zu einem neuen Ziel aufbrach.

Am liebsten hätte Kim natürlich sofort erfahren, was die Karten bedeuteten, aber dafür war es heute zu spät. In einer halben Stunde gab es Abendessen. Es blieb ihr nichts anderes übrig, als bis morgen zu warten. Aber zwei Dinge konnte sie heute schon tun: erstens gleich mal im Internet nachsehen, was das keltische Kreuz bedeutete, und zweitens ein Clubtreffen ausmachen.

Die entscheidende Info im Internet fand sie dank Suchmaschine ziemlich schnell. Rasch kopierte sie sich die Definition in eine extra Datei.

Das keltische Kreuz, auch »Kreuz des Lebens« genannt, symbolisiert die Brücke zur anderen Welt, zu höheren Mächten und zu mehr Wissen. Das typische keltische Kreuz ist mit einem Kreis versehen. Die senkrechte Achse symbolisiert die geistige, spirituelle Welt und die waagerechte Achse unsere materielle, irdische Welt. Der Kreis verbindet beide Welten miteinander. Eine weitere Bedeutung sind die vier Himmelsrichtungen oder die vier Elemente, die durch den Kreis miteinander in Verbindung stehen und erst durch das Kreissymbol ein Ganzes (Vollkommenes) bilden.

Kim seufzte. Das klang alles ziemlich mystisch und geheimnisvoll, doch für die Auflösung des Falls half es nicht wirklich weiter. Aber vielleicht würde es ja später noch mal nützlich werden.

Dann schaltete Kim den Computer aus, schnappte sich ihr Handy und simste eine Nachricht an Marie und Franzi:

Neue Karten eingetroffen! Müssen uns dringend treffen. Morgen 15 Uhr im Hauptquartier? Bitte Tarotbuch mitbringen!
Kim

Marie und Franzi antworteten zum Glück beide sofort. Sie hatten Zeit und bestätigten den Termin. Als Kim die SMS gelesen hatte, wollte sie das Handy eigentlich ausschalten, aber statt es zu tun, ging sie ins Adressbuch-Menü zum Buchstaben »M«. Wenn sie nun Michi auch eine

SMS schreiben würde? Einen Grund dazu gab es jetzt ja, die drei !!! hatten tatsächlich einen neuen Fall.

Während sie noch hin und her überlegte, vibrierte plötzlich das Handy in ihrer Hand. Noch eine neue SMS war eingetroffen, von Michi! Kims Herz machte einen Sprung. Konnte er etwa Gedanken lesen? Aufgeregt las sie seine Nachricht.

Hi, Kim!
Wie geht's dir so? Lange nichts von dir gehört. Habt ihr einen neuen Fall?
Michi

Es war wirklich unglaublich! Er hatte genau in dem Moment an sie gedacht, als auch sie an ihn gedacht hatte. Das konnte einfach kein Zufall sein!

Kim wollte schon drauflostippen, um Michi zu antworten, als sie es sich doch noch anders überlegte. Das war die Gelegenheit, ihn anzurufen und endlich mal wieder seine süße Stimme zu hören! Mit zitternden Fingern wählte sie seine Nummer, die sie längst in- und auswendig kannte, und presste das Handy ganz dicht ans Ohr.

»Hallo?«, sagte Michi.

Tausend Schmetterlinge flatterten in Kims

Bauch herum. »Hallo!«, sagte sie leise. »Hier ist Kim. Danke für deine SMS!«

Michi lachte. »Hi, Kim! Schön, dass du anrufst. Na, gibt's was Neues?«

»Stell dir vor, wir haben einen neuen Fall – oder sogar zwei!« Schnell erzählte sie ihm in Kurzform, was in der Zwischenzeit alles passiert war.

Als sie fertig war, pfiff Michi durch die Zähne. »Super! Klingt ja echt spannend. Ich wünsch euch viel Glück! Und wenn ihr Hilfe brauchen solltet – du weißt ja, Anruf genügt. Dann schwing ich mich sofort auf mein Mofa und bin da!«

Kim wurde rot und war heilfroh, dass Michi es nicht sehen konnte. »Danke, das ist total lieb von dir. Kann gut sein, dass wir auf dich zurückkommen.«

Dann war kurz Pause in der Leitung und Kim überlegte fieberhaft, was sie sonst noch sagen konnte.

Michi kam ihr zuvor. »Wir könnten ja auch so mal wieder was zusammen machen. Radfahren oder so.«

Kim strahlte die Raufasertapete vor sich an und presste das Handy noch fester ans Ohr. »Ja ... klar. Ruf mich einfach an, wenn du Zeit hast.«

»Mach ich«, sagte Michi. »Also dann, bis bald!«

Er legte auf und Kim tanzte mit dem Handy durchs Zimmer, tanzte und sang und lachte und tanzte und sang vor sich hin. Als ihr die Puste ausging, setzte sie sich vor den Computer und öffnete die Geheimdatei mit ihrem Tagebuch.

Geheimes Tagebuch von Kim Jülich
Mittwoch, 17:57 Uhr

Hände weg von diesem Tagebuch!
Es ist streng geheim und absolut tabu für alle außer Kim Jülich. Das Tabu gilt besonders für Ben und Lukas Jülich!!!

Michi will mich sehen, mich allein!!! Nicht nur zusammen mit den anderen, nicht nur, weil wir einen neuen Fall haben, nein, einfach so! Ich kann es immer noch nicht glauben. Er will eine Radtour mit mir machen. Das wird bestimmt wahnsinnig romantisch!!!

Ich darf mich bloß nicht wieder blamieren und vor lauter Glück kein Wort herausbringen. Am besten überlege ich mir vorher schon ein paar Themen, über die wir reden können. Dann wird es nicht so peinlich.

Michi, Michi, Michi!!! Bedeutet das, du magst mich doch ein bisschen mehr? Bin ich mehr als eine nette Freundin für dich? Wann bekomme ich endlich eine Antwort auf die wichtigste Frage meines

Lebens? Werde ich sie auf unserer Radtour bekommen? Vielleicht ... Hoffentlich!

Ich kann es kaum noch erwarten. Werde die nächsten Nächte garantiert kein Auge zumachen und jede Minute, jede Sekunde an dich denken. Und ab sofort lasse ich mein Handy dauernd an, damit ich deinen Anruf oder deine SMS nicht verpasse!

Ich bin so glücklich, glücklich, glücklich!

PS: Marie hat immer noch Liebeskummer wegen Stefan, aber sie ist sehr tapfer und lässt es sich nicht anmerken. Sie tut mir so leid, ich wünschte, ich könnte ihr helfen!

Detektivtagebuch von Kim Jülich
Donnerstag, 16:35 Uhr

Komme gerade zurück von unserem Clubtreffen im Hauptquartier. Schwebe immer noch auf Wolken wegen dem Telefongespräch gestern mit Michi. Während des Treffens musste ich mich total zusammenreißen, um mich auf unseren Fall zu konzentrieren. Es ist gar nicht so leicht, Privates und Detektivarbeit gut voneinander zu trennen!

Damit ich nichts vergesse, schreibe ich den neuesten Stand unserer Ermittlungen gleich auf.

Die Interpretation der Tarotkarten 6 und 7 hat Folgendes ergeben: Die sechste Karte gibt einen Hinweis darauf, was als Nächstes kommt. Der oder die

Täter, die Beute machen wollen (eventuell sind sie identisch mit den Grabräubern, von denen Professor Degen gesprochen hat), planen schon wieder einen neuen Betrug oder eine hinterlistige Tat. Die sieben Schwerter stehen für miese Tricks und unsaubere Geschäfte. Der Mann auf dem Bild schleicht sich ja mit den Schwertern davon, das heißt, er raubt sie, weil sie offenbar nicht ihm gehören.

Fazit der sechsten Karte: Ein neues Verbrechen ist bereits geplant und wird bald ausgeführt werden!

Die siebte Karte, die acht Kelche mit dem Mann, der dem Betrachter den Rücken zukehrt, bedeutet tatsächlich Aufbruch, und zwar einen freiwilligen Aufbruch schweren Herzens mit Angst und Zukunftssorgen. Im Keltischen Kreuz gibt die siebte Karte Auskunft über die Einstellung des oder der Täter(s).

Fazit der siebten Karte: Die Täter haben Angst vor dem neuen Verbrechen, wollen es aber dennoch durchziehen (tun es freiwillig).

Der anonyme Briefschreiber hat also recht mit seiner Warnung: Die Zeit drängt! Bald werden die Täter oder Grabräuber wieder zuschlagen! Leider fehlt uns immer noch die allerwichtigste Information der achten Karte: der Hinweis auf den Tatort. Solange wir den nicht kennen, sind uns die Hände gebunden. Es bleibt uns nichts anderes übrig, als zu warten, bis der Briefeschreiber die letzten Karten schickt.

Bis dahin werden wir unsere andere Spur weiterverfolgen und Professor Degen beschatten. Morgen ist ein guter Tag dafür: Am Freitag schließt das Museum bereits um 16 Uhr. Da werden Marie, Franzi und ich uns vor dem Museum postieren und auf den Professor warten. Vielleicht können wir ihn ja auf frischer Tat ertappen, wenn er sich mit einem Komplizen trifft, der ihm beim Raub der Ausstellungsstücke helfen soll. Alleine wird er das wohl kaum schaffen bei all den Sicherheitsvorkehrungen im Museum. Hoffentlich haben wir Glück! Und hoffentlich bekommen wir auch noch andere »keltische« Zeichen, was auch immer das sein mag!

Auf den Spuren des Professors

»Na, hast du gut geschlafen?«, fragte Herr Grevenbroich am nächsten Morgen und hielt Marie den Korb mit den Frühstücksbrötchen hin.

Marie nahm sich wortlos ein Croissant. Sie hatte nicht nur schlecht, sondern miserabel geschlafen und einen schrecklichen Albtraum gehabt, aber darüber wollte sie mit ihrem Vater nicht reden, sonst würde er ihr nur unangenehme Fragen stellen.

Herr Grevenbroich schenkte sich gut gelaunt Kaffee ein. »Schade, dass du so ein Morgenmuffel bist! Also von mir hast du das nicht geerbt.«

Marie ging nicht darauf ein. In ihrem Kopf wirbelten noch die Bilder ihres Albtraums herum: Sie hatte mit Stefan und Sonja einen Ausflug gemacht. Sie waren mit Stefans altem Opel ins Grüne gefahren und hatten auf einer wunderschönen Wiese Picknick gemacht. Aber die Wiese war auch schon das einzig Schöne des Traums gewesen. Stefan und Sonja hatten sich dauernd geküsst und sie hatte dabei zusehen müssen. Die ganze Zeit hatte sie weglaufen wollen, aber ihre Beine waren wie gelähmt gewesen.

»Marie? Hörst du mir überhaupt zu?«, fragte Herr Grevenbroich und riss sie aus ihren Gedanken.

Marie biss sich auf die Lippe. »Entschuldige. Was hast du gesagt?«

»Ob du auch Zeitung lesen willst?«, wiederholte Herr Grevenbroich seine Frage.

Marie zuckte mit den Schultern. »Hm ... ja, okay.«

»Welchen Teil möchtest du haben? Den Lokalteil?«

Wieder zuckte Marie nur gleichgültig mit den Schultern. »Ja, danke.« Dann nahm sie die Zeitung und legte sie neben ihren Teller. Eigentlich hatte sie überhaupt keine Lust zu lesen, deshalb überflog sie nur kurz die Überschriften. Doch plötzlich blieb sie bei einem kleinen Artikel hängen, der zwischen dem Bericht über ein Vogelzüchtertreffen und einer Werbeanzeige stand.

Keltengrab bedroht?
Einer bisher unbestätigten Meldung zufolge ist eine gerissene Bande von Grabräubern wieder aktiv. Die Räuber schlugen bereits letztes Jahr in Wales zu und sollen nun auch in Deutschland in unserer Stadt gesichtet worden sein. Offenbar sind sie einem neuen Keltengrab auf der Spur. Die Polizei tappt bis jetzt noch im Dunkeln. Trotzdem setzt sie alles daran, um zu verhindern, dass weitere unermessliche

Schätze unserer kulturellen Vergangenheit in falsche Hände geraten und damit für die Nachwelt verloren gehen. Sachdienliche Hinweise über verdächtige Aktionen im Umkreis der Stadt bitte an die Polizeiwache 1 oder an jede andere Polizeidienststelle.

Maries Herz klopfte schneller. Sofort musste sie wieder an das Telefongespräch des Professors denken, das Kim und Franzi belauscht hatten. Professor Degen hatte seinem Gesprächspartner ausdrücklich verboten, die Neuigkeiten über die Grabräuber an die Presse herauszugeben. Doch offenbar hatte der sich nicht daran gehalten. Und dann fiel Marie noch etwas ein: das PS im zweiten anonymen Brief. Jetzt machte auch der Hinweis auf die seltsamen »keltischen« Zeichen und die Bitte, Zeitung zu lesen, Sinn. Und nun wussten sie auch endlich, dass sie es nicht mit zwei, sondern mit einem Fall zu tun hatten. Marie freute sich jetzt schon auf die Gesichter ihrer Freundinnen, wenn sie ihnen heute Nachmittag den Artikel zeigen würde.

»Brauchst du den Lokalteil noch?«, fragte sie ihren Vater so beiläufig wie möglich.

Herr Grevenbroich schüttelte den Kopf. »Nein, ich muss sowieso gleich los. Soll ich dich mitnehmen und bei der Schule absetzen?«

Marie nickte, faltete zufrieden den Lokalteil zusammen und steckte ihn in ihre Schultasche.

Dann stand sie auf und folgte ihrem Vater zum Aufzug. Auf die Schule hätte sie heute zwar liebend gern verzichten können, aber zum Glück dauerte es ja nicht mehr lange bis zum Nachmittag.

Kim sah auf ihre Armbanduhr und seufzte. »Heute bist du pünktlich und prompt kommt Franzi zu spät.«

»Sie wird sicher gleich auftauchen«, sagte Marie, während sie in ihrer Schultasche nach dem Zeitungsartikel kramte. Zusammen mit Kim stand sie am vereinbarten Treffpunkt gegenüber vom Museum. Hinter der großen Litfaßsäule, auf der anderen Seite der belebten Straße, konnten sie sich gut verstecken und hatten trotzdem alles im Blick.

»Sieh mal, was ich entdeckt habe!«, sagte Marie und hielt Kim den Artikel hin.

Kim warf nur einen flüchtigen Blick darauf. »Ich weiß, den hab ich heute Morgen auch gelesen. Ist das nicht verrückt? Alle Fäden laufen zusammen. Ich glaube ja, dass der Briefeschreiber uns vor Professor Degen warnen will.«

»Ja, das glaube ich auch«, sagte Marie. »Der Professor ist echt gerissen. Kein Mensch würde drauf kommen, dass er in der Sache mit drinsteckt, weil er ein angesehener Wissenschaftler ist.«

Kim nickte eifrig. »Ich hab übrigens mal im Netz nachgesehen. Da taucht sein Name bei richtig großen, internationalen Tagungen über die Kelten auf. Er wird von seinen Kollegen in den höchsten Tönen gelobt und hat auch schon total viele Preise gewonnen.«

»Tja«, sagte Marie, während sie zwischen den Autos, die in Richtung Feierabend fuhren, den Eingang des Museums im Auge behielt. »Anscheinend ist ihm der ganze Ruhm zu Kopf gestiegen und hat ihn größenwahnsinnig gemacht.«

Kim trat unruhig von einem Fuß auf den anderen. »Mensch, wo bleibt Franzi denn? In fünf Minuten macht das Museum zu.«

In dem Moment düste Franzi auf ihren Skates an, legte eine elegante Bremsung hin und blieb keuchend vor ihnen stehen. »Sorry, ich war noch auf der Skateranlage.«

»Und da gab's keine Uhr?«, fragte Marie spöttisch.

Franzi grinste. »Doch, klar.«

Kim warf Marie hinter Franzis Rücken einen kurzen Blick zu. »Wahrscheinlich hat sie wieder mit ihren Freunden geflirtet. Wie heißen sie noch gleich? Benni und Leonhard?«

»Ja, die waren auch da«, sagte Franzi, »aber wir haben nicht geflirtet.« Trotzdem wurde sie ein bisschen rot dabei.

Seit sie die Jungs auf der Anlage kennengelernt hatte, skatete sie ziemlich oft mit ihnen. Die beiden waren schon länger in sie verknallt, und so wie es aussah, waren Franzis Gefühle inzwischen auch nicht mehr rein freundschaftlich.

»Was habt ihr denn da?«, versuchte Franzi vom Thema abzulenken und griff nach der Zeitung.

Marie und Kim erzählten ihr schnell die Neuigkeiten und brachten sie auf den aktuellen Stand der Ermittlungen.

Franzi, die den Artikel noch nicht kannte, kam aus dem Staunen gar nicht mehr heraus. »Das ist ja ein Ding!«, wiederholte sie immer wieder.

Plötzlich zischte Kim: »Psst, Schluss mit dem Gequatsche! Da vorne ist er!«

Sofort gingen die drei !!! hinter der Litfaßsäule in Deckung und Marie setzte schnell ihren breiten Schlapphut auf, damit der Professor sie nicht erkannte. Dann starrte sie hinüber auf die andere Straßenseite. Mit eiligen Schritten kam Professor Degen aus dem Museum. Er trug wieder seine Cordhose und die ausgelatschten Sandalen, obwohl es kühl geworden war und ziemlich dunkle Wolken über den Himmel zogen. Zielstrebig ging er zur Ampel und überquerte die Straße. Jetzt kam er direkt auf sie zu!

Mist!, dachte Marie. Hat er uns etwa gesehen?

Ihre Befürchtung stellte sich zum Glück als falsch heraus. Professor Degen beachtete weder die Litfaßsäule noch die Detektivinnen oder andere Passanten. Er hatte den Kopf gesenkt und schien nur ein einziges Ziel zu haben: möglichst schnell vorwärtszukommen.

Als er einige Meter vorausgegangen war, gaben die drei !!! ihre Deckung auf und folgten ihm. Professor Degen wollte offenbar in Richtung Innenstadt. Nach zwei Kreuzungen bog er in die Fußgängerzone ein und bahnte sich einen Weg zwischen den bummelnden Leuten, die den Feierabend nutzten, um einzukaufen. Marie wurde immer aufgeregter. Vielleicht traf er sich ja tatsächlich mit einem Komplizen. Für diesen Fall hatte Kim extra das Aufnahmegerät mit Richtmikrofon mitgenommen.

Während Marie noch darüber nachdachte, verließ Professor Degen plötzlich die Mitte der Fußgängerzone und steuerte auf ein Geschäft auf der linken Seite zu. Erst auf den zweiten Blick erkannte Marie, um welches Geschäft es sich handelte: Es war eine kleine Buchhandlung.

Sicherheitshalber warteten die drei !!! ein bisschen, bevor sie dem Professor in den Buchladen folgten. Dann schob Marie ihre Freundinnen zum Eingang. »Ihr zuerst! Euch kennt er noch nicht.«

Zögernd betraten Kim und Franzi mit Marie im Schlepptau den Laden. Keine der drei kannte die Buchhandlung. Kein Wunder, denn es war eine kleine Fachbuchhandlung, die ausschließlich Reiseliteratur und Karten verkaufte.

Marie zog ihren Schlapphut tiefer ins Gesicht und spähte zwischen Kims und Franzis Schultern hindurch in den hinteren Teil des Ladens. Und schon hatte sie Professor Degen entdeckt. Er stand vor einem Regal mit Wanderkarten und fuhr mit dem Zeigefinger die Buchrücken entlang.

Die drei !!! pirschten sich näher an ihn heran und versteckten sich drei Meter vor ihm hinter einer ägyptischen Pyramide aus Pappe.

Da kam eine Verkäuferin auf den Professor zu und fragte: »Kann ich Ihnen helfen?«

Professor Degen zuckte zusammen. Dann lächelte er. »Ja, gern. Ich suche eine möglichst genaue Umgebungskarte der Stadt.«

»Sie wollen wandern?«, hakte die Verkäuferin nach.

Der Professor zögerte kurz, bevor er nickte. »Genau, wandern.«

Marie glaubte ihm natürlich kein Wort. Von wegen wandern! Gräber ausrauben wäre die richtige Beschreibung seines Vorhabens gewesen.

»Da kann ich Ihnen gleich zwei schöne Karten

empfehlen«, sagte die Verkäuferin, beugte sich zum untersten Regal hinunter und holte mit sicherem Griff zwei Karten heraus. »Hier, bitte! Kann ich sonst noch was für Sie tun?«

»Nein, danke«, sagte Professor Degen und nahm der Verkäuferin fast schon gierig die Karten aus der Hand. Dann wartete er, bis sie sich zurückgezogen hatte, und faltete die beiden Karten auseinander. Ein zufriedenes Grinsen breitete sich auf seinem Gesicht aus. Schnell hatte er eine Entscheidung getroffen, stellte eine der Karten ins Regal zurück und nahm die andere mit zur Kasse.

Die drei !!! folgten ihm unauffällig. Als er wieder hinaus auf die Straße trat, sah er sich kurz um und steuerte sofort auf ein gut besuchtes Café zu. Jede Menge Leute drängelten sich mit ihren Einkaufstüten um die begehrten Tische. Der Professor fand gerade noch einen der letzten Plätze neben den Toiletten. Kim, Franzi und Marie erwischten keinen Sitzplatz mehr, aber es war ihnen sowieso lieber, an der Bar stehen zu bleiben. So konnten sie ihren Verdächtigen viel besser beobachten.

Nachdem er einen Cappuccino bestellt hatte, faltete er die Karte auf und holte einen roten Marker aus der Hosentasche. Marie reckte den Hals, um auch ja nichts zu verpassen. Der Professor beugte sich über die Karte und machte einen dicken Kreis um eine Stelle, dann noch einen und noch einen um zwei weitere Orte.

»Jetzt sucht er bestimmt nach dem Keltengrab«, flüsterte Kim Marie ins Ohr.

Marie nickte aufgeregt. Bloß schade, dass sie auf die Entfernung nicht erkennen konnte, welche Orte genau er eingekreist hatte.

Plötzlich hob Professor Degen den Kopf und sah zur Bar hinüber. Schnell versteckte sich Marie hinter den Rücken von Kim und Franzi. Der Professor runzelte die Stirn. Dann stand er abrupt auf, legte Kleingeld für den Cappuccino auf den Tisch, und bevor die drei !!! reagieren konnten, rannte er aus dem Café.

Helfer in der Not

»Er ist weg!«, rief Franzi. »Wir haben ihn verloren!«

Die Detektivinnen standen in der Fußgängerzone und sahen sich vergeblich nach allen Seiten um. Professor Degen war so schnell aus dem Café verschwunden, dass sie ihn nicht mehr rechtzeitig hatten verfolgen können. Und mitten im Gewimmel der Passanten war die Chance, ihn zufällig wieder zu treffen, gleich null.

»Das gibt's doch nicht!«, stöhnte Kim. »Jetzt waren wir so nah dran und dann haut er einfach ab.«

Marie biss sich auf die Lippe und nestelte nervös an der Krempe ihres Schlapphuts. »Das ist alles meine Schuld. Wahrscheinlich hat er mich trotz Tarnung erkannt.«

»Kann gut sein«, sagte Franzi prompt. »Wir hätten die Aktion lieber ohne dich durchziehen sollen.«

»Quatsch!«, protestierte Kim. »Die drei !!! gehören zusammen. Wir dürfen jetzt nicht aufgeben. Los, jetzt sagen wir schnell unseren Power-Spruch auf und dann suchen wir weiter.«

Den Power-Spruch sagten die Detektivinnen immer dann auf, wenn sie einen neuen Fall hatten oder gerade besonders viel Energie für ihre Ermittlungen brauchten. Marie hatte eigentlich keine Lust darauf. Was sollte das jetzt noch groß bringen? Sie hatte die Sache vermasselt und damit war es für heute gelaufen.

Auch Franzi schien nicht besonders begeistert zu sein, doch Kim ließ sich von ihrem Vorschlag nicht abbringen und bestand darauf. »Los, stellt euch im Kreis auf!«

Schließlich gaben Marie und Franzi nach. Zu dritt bildeten sie einen Kreis, streckten die Arme aus und legten die Hände übereinander. Dann riefen sie im Chor: »Die drei!!!« Kim sagte: »Eins«, Franziska »Zwei!« und Marie »Drei!«. Am Schluss hoben sie gleichzeitig die Hände in die Luft und riefen laut: »Power!«

Einige Passanten warfen ihnen verwunderte Blicke zu, aber die Detektivinnen kümmerten sich nicht darum.

Marie war im Nachhinein froh über Kims Hartnäckigkeit. Jetzt fühlte sie sich tatsächlich besser. »Ich hab eine Idee«, sagte sie. »Wir fragen einfach die Leute hier, ob sie zufällig den Professor gesehen haben. Immerhin ist er ziemlich auffällig mit seinen grauen wuscheligen Haaren.«

Kim strahlte und Franzi nickte. »Gute Idee.«

Gesagt, getan. Sofort trennten sich die drei !!! und schwärmten in unterschiedliche Richtungen aus. Marie lief zum oberen Rand der Fußgängerzone, an deren Ende der Schillerpark begann.

»Haben Sie einen Mann mit grauen Haaren und runder Brille gesehen?«, fragte sie das erstbeste Pärchen, das ihr entgegenkam.

»Nee«, sagte der Junge und legte den Arm fester um seine Freundin.

Das Mädchen lächelte Marie an. »Wir haben niemanden gesehen, nur uns!« Dann verschlang sie ihren Freund mit verliebten Augen.

Marie drehte sich schnell weg und sprach eine ältere Frau an, die zwei schwere Einkaufsnetze schleppte. »Haben Sie einen Mann gesehen? Graue wirre Haare, runde Brille?«

Die Frau schüttelte müde den Kopf. »Leider nein.« Und schon trottete sie weiter.

Marie gab nicht auf. Sie fragte weiter und weiter, aber kein Mensch hatte den Professor gesehen. Stöhnend wischte sie sich über die Stirn. Unter dem Schlapphut war ihr ganz schön heiß geworden, aber sie traute sich nicht, die Tarnung abzulegen.

Da kam plötzlich Kim auf sie zugelaufen, gefolgt von Franzi. Schon von Weitem winkte sie. Und als sie bei Marie war, rief sie aufgeregt: »Volltreffer!«

»Wo ist er?«, fragte Marie.

Kim zeigte auf ein graues Gebäude in der Mitte der Fußgängerzone. »Darauf kommst du nicht: Er ist auf die Polizeiwache gegangen. Eine Frau hat ihn beobachtet, als er im Eingang verschwunden ist.«

Damit hatte Marie wirklich nicht gerechnet. »Was macht er denn dort? Hat er etwa Schiss bekommen und will sich der Polizei stellen?«

Franzi hob die Schultern. »Keine Ahnung. Das werden wir hoffentlich gleich erfahren.«

»Los!«, sagte Kim. »Worauf warten wir noch?«

Marie und Franzi nickten und zu dritt gingen sie auf die Hauptwache zu. Dort waren sie schon oft gewesen und hatten Kommissar Peters besucht. Marie konnte es immer noch nicht richtig glauben, dass sich der Professor ausgerechnet diesen Ort ausgesucht hatte. Manchmal gab es wirklich unglaubliche Zufälle. Als sie läuteten, kam eine schnarrende Männerstimme aus der Lautsprecheranlage: »Ja, bitte?«

»Wir möchten Kommissar Peters sprechen«, sagte Kim.

In der Anlage knackte es, dann lachte jemand schallend. »Ha, das wollen viele! Geht wieder nach Hause, Kinder!«

Kim streckte sich und sah mit blitzenden Augen in die kleine Kamera. »Das werden wir nicht tun. Wir sind Freunde von Kommissar Peters.

Wir haben ihm schon oft bei schwierigen Fällen geholfen. Eigentlich müssten Sie unseren Detektivclub kennen: Wir sind die drei !!! und ...«

»Die drei !!!«, unterbrach sie der Polizeibeamte. »Warum habt ihr das nicht gleich gesagt?« Dann ertönte der Summer und die Tür ging auf.

Kim warf Marie und Franzi einen triumphierenden Blick zu. »Na also, das wurde aber auch Zeit!«

Die Detektivinnen betraten die Wache und durften die Schranke zum Empfang passieren.

Der Polizist, mit dem sie über die Lautsprecheranlage gesprochen hatte, ein junger Typ mit kurzen schwarzen Haaren, war anscheinend neu bei der Polizei. Er empfing sie mit einem breiten Lächeln. »Endlich lerne ich euch mal kennen. Der Kommissar hat schon so viel von euch erzählt. Kommt, setzt euch, wollt ihr was trinken? Wasser, Cola?«

»Cola«, sagten Kim, Franzi und Marie wie aus einem Mund.

Während der Beamte zum Kühlschrank ging, sahen sie sich unauffällig um. Professor Degen saß tatsächlich nur drei Meter von ihnen entfernt und war in ein Gespräch mit einem mürrischen blonden Polizisten vertieft.

»Langsam, langsam«, sagte der Polizist. »Wie war das im Mittelteil?«

Professor Degen beugte sich aufgeregt zu ihm vor. »Das hab ich Ihnen doch gerade schon erzählt. Ich habe die Meldung in der Zeitung gelesen, über die Keltengrabräuber.«

»Ja, und?«, sagte der Blonde, schenkte sich eine Tasse Kaffee ein und versenkte vier Stück Zucker darin. »Die Meldung haben viele gelesen.«

Professor Degen seufzte. »Ich möchte verhindern, dass es zu einem weiteren Raub kommt. Das ist sozusagen eine Berufskrankheit von mir. Ich bin Archäologe, Professor genauer gesagt, und ich habe einen Verdacht, wo das Keltengrab sein könnte.«

Der Beamte rührte seinen Kaffee um und zerdrückte mit dem Löffel knirschend die vier Zuckerstücke. »Verdacht? Das hilft uns gar nichts, wir brauchen Beweise. Haben Sie Beweise?«

»Nein, leider nicht, aber ...«, redete der Professor weiter.

In dem Moment kam der schwarzhaarige Kollege des Blonden mit drei eisgekühlten Colaflaschen zurück und stellte sie vor den Detektivinnen ab. »Hier, bitte. Darf ich euch mal was fragen? Wie habt ihr denn damals die Chatbetrüger gefasst?«

»Also das war so«, fing Franzi an, schielte dabei aber zum Professor hinüber. »Wir haben als Erstes ...« Ziemlich unzusammenhängend berichtete sie vom dritten Fall der drei !!!. Der Polizist hing trotzdem begeistert an ihren Lippen.

Marie und Kim konzentrierten sich umso stärker auf Professor Degen.

Der war inzwischen ziemlich wütend geworden. »Glauben Sie mir doch, ich bin Wissenschaftler, ich bin Experte. Mein Verdacht hat Hand und Fuß. Hier, sehen Sie, auf der Karte kann ich es Ihnen zeigen …«

»Sparen Sie sich die Mühe«, sagte der blonde Polizist ungerührt. »Das ist mir alles viel zu vage. Außerdem war die Meldung in der Zeitung sowieso reichlich voreilig. Wir haben noch keinerlei konkrete Hinweise und wir werden in dieser Sache nicht unnötig die Pferde scheu machen.«

»Was heißt hier nicht die Pferde scheu machen«, rief Professor Degen. »Sie könnten doch wenigstens mal Nachforschungen anstellen!«

Der Polizist trank seinen Kaffee langsam, Schluck für Schluck. Dann setzte er die Tasse ab und verschränkte die Arme vor der Brust. »Wir werden garantiert nicht die ganze Stadt umgraben, das würde …«

Marie konnte leider nicht länger zuhören, weil der schwarzhaarige Polizist zum Telefon griff. »Dann werde ich mal Kommissar Peters anrufen, ob er Zeit für euch hat … Hallo? Raten Sie mal, wer hier bei mir ist, Herr Kommissar:

die drei !!! ... Sehr schön, danke.« Er legte auf und drehte sich lächelnd zu Kim, Franzi und Marie um. »Der Kommissar erwartet euch, ihr könnt zu ihm hochgehen.«

In dem Moment sprang Professor Degen auf und rief empört: »Na gut, wenn Sie mir nicht zuhören wollen, kann ich nichts machen. Dann kann ich ja gehen.« Damit steckte er seine Karte wieder ein und rauschte durch die Absperrung, die der blonde Polizist nur zu gern für ihn öffnete.

Kim, Franzi und Marie standen auch auf. »Richten Sie bitte Kommissar Peters schöne Grüße aus«, sagte Marie.

Der Polizeibeamte starrte sie verblüfft an. »Wieso das denn?«

Kim lächelte höflich. »Wir haben leider keine Zeit mehr. Aber wir kommen ein andermal wieder, ganz bestimmt.«

»Aber was soll denn das?«, rief ihnen der Polizist nach, doch da waren die drei !!! schon bei der Tür. Noch einmal würden sie die Spur des Professors nicht verlieren.

Zurück auf der Straße entdeckten sie ihn sofort. Er war nur ein paar Meter weitergegangen bis zum Eingang des Schillerparks. Dort hatte er sich auf die erstbeste Bank gesetzt und stützte nun den Kopf in die Hände. Obwohl die Sonne wieder herausgekommen war, schien er die wärmenden Strahlen nicht zu spüren. Die drei !!!

blieben in sicherer Entfernung stehen und sahen sich an.

»Also jetzt bin ich echt platt«, sagte Kim. »Er ist gar nicht der Täter.«

Marie musste wieder an ihre beiden Begegnungen mit ihm denken. »Dabei war er so ekelhaft zu mir. Ich war mir todsicher, dass er was zu verbergen hat.«

Franzi grinste. »Tja, manche Leute sind einfach so unfreundlich, deshalb müssen sie noch lange keine Verbrecher sein.«

»Was machen wir denn jetzt?«, fragte Kim und musterte ratlos den Professor, der immer noch in derselben Körperhaltung auf der Bank saß und sich nicht rührte.

Franzi holte tief Luft. »Ganz einfach: Wir gehen hin und sprechen ihn an. Er kann uns weiterhelfen und wir können ihm weiterhelfen.«

»Das ist jetzt nicht dein Ernst, oder?«, fragte Marie. Die Erfahrung, zweimal von ihm abgewimmelt zu werden, reichte ihr völlig. Das musste sie sich nicht auch noch ein drittes Mal antun.

»Klar mein ich das ernst«, sagte Franzi. »Wir brauchen ihn.«

Kim räusperte sich. »Stimmt, schließlich ist er der Keltenexperte und er scheint zu wissen, wo das Keltengrab sein könnte.«

Im Grunde wusste Marie, dass ihre Freundinnen recht hatten. Trotzdem wehrte sie sich innerlich dagegen, noch ein einziges Wort mit diesem unfreundlichen, aufbrausenden Typen zu wechseln.

Da gab Kim ihr einen kleinen Stoß gegen die Rippen. »Komm schon, spring über deinen Schatten.«

»Ohne dich geht doch gar nichts«, sagte Franzi.

Das nette Kompliment half. Marie gab sich einen Ruck und lächelte. »Okay, stürzen wir uns ins Vergnügen!«

»Super!«, sagte Kim.

Und dann steuerten die drei !!! mit energischen Schritten auf die Bank zu. Der Professor hob erst den Kopf, als sie direkt vor ihm standen.

»Hallo, Professor Degen«, sagte Kim. »Haben Sie kurz Zeit für uns? Es ist wirklich sehr wichtig.«

»Es geht um die Keltengrabräuber«, ergänzte Marie.

»Wir sind auch an dem Fall dran«, sagte Franzi und holte die Visitenkarte des Detektivclubs heraus.

Der Professor starrte darauf und wurde rot. »Das gibt's doch nicht! Die Karte hab ich doch schon mal gesehen. Und dich auch!« Dabei durchbohrte er Marie mit einem wütenden Blick. »Was wollt ihr von mir?«

Kim setzte ihr freundlichstes Lächeln auf. »Bitte, hören Sie uns erst zu, bevor Sie sich aufregen. Wir sind Detektivinnen, ziemlich erfolgreiche sogar. Wir waren auch gerade auf der Polizeiwache und haben mit halbem Ohr mitbekommen, wie Sie mit dem Polizisten gesprochen haben. Wir haben wichtige Informationen über die Keltengrabräuber, die Sie sicher interessieren werden. Dürfen wir uns kurz setzen? Es dauert auch bestimmt nicht lange.«

Professor Degen zögerte, aber offenbar hatte ihn der Besuch auf der Polizeiwache so zermürbt, dass er schließlich nickte. »Na gut, wenn es unbedingt sein muss.«

Marie verdrehte die Augen. Ein knurrender Straßenköter wäre wahrscheinlich freundlicher zu ihnen gewesen.

Unwillig rückte der Professor ein Stück zur Seite und machte den Detektivinnen Platz. Die drei !!! setzten sich und Kim kramte in ihrer Tasche. Obwohl Marie und Franzi sie manchmal damit aufzogen, war sie jetzt heilfroh darüber, dass sie das Beweismaterial des neuen Falls immer bei sich trug. Vorsichtig holte sie eine Klarsichthülle heraus, in der neben dem Zeitungsartikel die beiden anonymen Briefe und die sieben Tarotkarten steckten, die sie bisher bekommen hatten.

»Was ist das?«, fragte Professor Degen verwundert.

»Das sind unsere Beweise«, antwortete Kim. »Jemand hat uns vor den Grabräubern gewarnt und Tarotkarten geschickt, die eine verschlüsselte Botschaft enthalten. Eine Botschaft, die im Legesystem des Keltischen Kreuzes versteckt ist. Vielleicht sagt Ihnen das ja etwas.«

Der Professor wurde hellhörig. »Das Keltische Kreuz? Natürlich sagt mir das etwas.« Plötzlich richtete er sich auf und sah Kim, Marie und Franzi mit völlig neuen Augen an.

Während sie ihm abwechselnd von ihren Ermittlungen berichteten und die Tarotkarten zeigten, hörte er gespannt zu und schüttelte nur ab und zu den Kopf, um »Sagenhaft!« oder »Unglaublich!« zu murmeln.

Als sie schließlich ihren Bericht beendet hatten, pfiff er leise durch die Zähne. »Das klingt ja echt spannend! Entschuldigt bitte, dass ich zuerst so unfreundlich zu euch war, aber die Sache ist wirklich heikel. Ich möchte auf keinen Fall, dass etwas davon an die Öffentlichkeit dringt, der Ruf unserer Sonderausstellung darf nicht gefährdet werden.«

Marie glaubte ihm. Trotzdem fand sie ihn immer noch nicht besonders sympathisch. Er hätte sie damals in seinem Büro wenigstens ausreden lassen können.

Der Professor sprach inzwischen weiter: »Und ihr wisst nicht, wer die Briefe geschrieben und die Karten geschickt hat?«

»Leider nicht«, sagte Franzi. »Vielleicht ist es

tatsächlich ein Kollege von Kims Vater, vielleicht aber auch nicht.«

Professor Degen fuhr sich durch die grauen Haare, die danach noch wirrer nach allen Seiten abstanden. »Hm … Und jetzt wartet ihr natürlich auf die achte Karte, die euch den entscheidenden Hinweis zum Tatort geben wird.«

»Ganz genau«, sagte Marie. »Sie kennen sich aber gut aus mit Tarot.«

Der Professor lächelte. »Kleines Hobby von mir.«

»Noch haben wir die achte Karte leider nicht«, sagte Kim. »Und deshalb dachten wir, dass vielleicht Sie uns weiterhelfen könnten?«

Professor Degen kratzte sich an der Stirn. »Und ihr seid wirklich seriöse Detektivinnen?«

Kim, Marie und Franzi nickten feierlich.

»Wir haben schon acht Fälle gelöst«, erzählte Franzi stolz. »Wenn Sie wollen, können Sie sich gern bei Kommissar Peters über uns erkundigen.«

Der Professor winkte ab. »Nein, danke! Ich hab erst mal genug von der Polizei. Ich glaube euch auch so. Na gut, ein bisschen kann ich euch vielleicht schon weiterhelfen.« Damit zog er seine Karte aus der Tasche.

Aufgeregt rutschten die drei !!! näher an ihn heran.

Professor Degen faltete die Karte auf und deutete mit dem Zeigefinger auf die drei Orte, die er rot markiert hatte. »An diesen Stellen könnte ein Keltengrab liegen. Alle drei Orte liegen nämlich auf einer ehemaligen wichtigen Handelsroute der Kelten. Dort transportierten sie Kunsthandwerk und Gold.«

Maries Augen weiteten sich. Gold! Kein Wunder, dass die Grabräuber scharf auf diese Beute waren.

Kim beugte sich tiefer über die Karte. »Die drei Orte sind ja alle am Stadtrand in Wohngebieten.«

»Richtig«, sagte Professor Degen. »Und genau da liegt auch der große Haken. Es sind alles Privatgrundstücke. Da darf man nicht einfach so rein. Deshalb wollte ich ja die Polizei bitten, dass sie sich die Grundstücke mal genauer ansieht oder beobachten lässt, am besten rund um die Uhr, Tag und Nacht.«

Franzi zwinkerte Marie und Kim zu. Dann sagte sie zum Professor: »Nachts sind alle Katzen grau. Ich kann übrigens sehr gut klettern, nur zur Information.«

Professor Degen brauchte eine Weile, bis er begriffen hatte, was sie damit vorschlagen wollte. Dann schüttelte er den Kopf. »Kommt nicht infrage! Das ist viel zu gefährlich.«

Die drei !!! stöhnten innerlich auf. Gefährlich! Wie oft hatten sie dieses Wort schon von ihren Eltern oder von Kommissar Peters gehört. Und wie oft hatten sie sich schon darüber hinweggesetzt und dabei entscheidende Entdeckungen gemacht.

»Aber wir müssen doch etwas tun«, sagte Marie. »Im Brief steht nicht umsonst, dass die Zeit drängt. Die Räuber werden sicher bald zuschlagen.«

»Ja, da gebe ich euch recht«, stimmte Professor Degen zu. »Aber selbst wenn wir die Erlaubnis hätten, die Grundstücke zu betreten, würde uns das immer noch nicht weiterhelfen. Die Orte sind viel zu groß. Wir müssten Kilometer über Kilometer absuchen. Und garantiert würden die Grabräuber dann genau dort sein, wo wir gerade nicht sind.«

Kim, Marie und Franzi sahen sich ratlos an.

»Aber es muss doch irgendeinen Weg geben«, sagte Kim, die nicht so schnell aufgeben wollte.

Professor Degen nickte. »Den gibt es auch. Wir bleiben in Kontakt. Ich recherchiere weiter und versuche, im Internet mehr über die drei Orte herauszubekommen. Und ihr wartet auf die achte Tarotkarte. Sobald ihr sie bekommt, müsst ihr mich sofort anrufen. Dann können wir den Tatort sicher eingrenzen. Die Karte ist der Schlüssel zu unserem Rätsel.«

Warten!, dachte Marie. Warten war die Aufgabe, die sie schon immer am meisten gehasst hatte, seit die drei !!! den Detektivclub gegründet hatten.

Geheimnis um den Tatort

Irgendwas war heute anders. Als Kim am nächsten Tag vom Joggen zurückkam, musste sie erst einen Augenblick überlegen, bevor sie draufkam. Dann wusste sie es plötzlich: Die Haustür stand sperrangelweit offen. Dabei legte ihre Mutter immer so großen Wert darauf, dass sie geschlossen wurde.

Kim beschleunigte ihre Schritte und rannte die letzten Meter ins Haus. Aus der Küche drangen die aufgeregten Stimmen ihrer Eltern. Als sie zu ihnen in die Küche kam, fand sie beide ziemlich aufgelöst vor dem Herd. Im Topf kochte die Kartoffelsuppe über, aber weder ihr Vater noch ihre Mutter kümmerten sich darum. Schnell schob Kim den Topf zur Seite und schaltete die Platte aus. Dann fragte sie: »Was ist los?«

Herr Jülich zeigte auf den Küchentisch. Dort lagen zwei Tarotkarten.

Am liebsten hätte Kim sofort zugegriffen, aber sie beherrschte sich. »Hast du wieder Post bekommen, Papa?«

»Ja«, sagte Herr Jülich. »Aber diesmal nicht vom Postboten.«

»Weißt du, wo sie waren?«, rief seine Frau mit schriller Stimme. »Jemand hat sie an unsere Haustür geklebt! Das geht eindeutig zu weit. Jetzt müssen wir die Polizei einschalten. Da will uns jemand bedrohen. Wer weiß, was er als Nächstes vorhat.« Kim zuckte zusammen. Sie musste unbedingt verhindern, dass ihre Eltern die Polizei einschalteten. Das würde alles total kompliziert machen und dann wären sie den Fall sicher ganz schnell wieder los.

»Das war doch sicher nur ein harmloser Kinderstreich«, versuchte sie ihre Eltern zu beschwichtigen. »Ben und Lukas hätten so was auch machen können, vielleicht waren sie es ja sogar selber.«

Frau Jülich sah sie unsicher an. »Meinst du?«

»Klar«, sagte Kim. »Könnte doch sein, frag sie einfach. Und selbst wenn sie es nicht waren: Ich glaube nicht, dass euch jemand bedrohen will. Oder war ein Drohbrief dabei?«

Herr Jülich räusperte sich. »Nein, an der Tür waren nur die Karten.«

»Na also«, sagte Kim. »Ihr regt euch viel zu sehr auf. Deswegen müsst ihr doch nicht gleich die Polizei anrufen.«

Frau Jülich tauschte einen zögernden Blick mit ihrem Mann. Zufrieden registrierte Kim, dass die Angst in ihren Augen verschwunden war.

»Also ich finde, unsere Tochter hat recht«,

sagte schließlich Herr Jülich und legte einen Arm um seine Frau. »Die Polizei würde uns wahrscheinlich sowieso auslachen. Heben wir die Karten auf und warten erst mal ab.«

Endlich gab Frau Jülich nach. »Na gut, warten wir ab.«

Kim atmete erleichtert auf. Das war ja gerade noch mal gut gegangen. »Ich kann die Karten gern für euch aufheben«, schlug sie vor. »Ich lege sie zu den anderen, die ich für die Schule weggelegt habe.«

»Meinetwegen«, sagte Frau Jülich und drehte sich wieder zum Herd um. Und damit war das Thema zum Glück erst mal vom Tisch.

»Hier sind sie!«, verkündete Kim zwei Stunden später feierlich. Mit einer schwungvollen Handbewegung legte sie die zwei Tarotkarten, die sie aus den Händen ihrer Eltern gerettet hatte, zwischen die Kakaotassen auf den Couchtisch des *Café Lomo*. Marie und Franzi waren ausnahmsweise beide pünktlich zur Sondersitzung des Clubs gekommen und beugten sich aufgeregt über die Karten. Auf diesen Moment hatten sie so lange sehnsüchtig gewartet. Jetzt war es endlich so weit.

Die achte Karte mit dem Hinweis auf den Ort des Ereignisses, also den Tatort, kam Marie zwar bekannt vor, aber sie konnte sich nicht mehr genau daran erinnern, was sie bedeutete. »Königin der Münzen«, murmelte sie und schlug im Tarotbuch nach, das sie extra zum Treffen mitgenommen hatte.

Kim und Franzi betrachteten inzwischen das Bild. Eine Königin in einem roten Kleid saß auf einem Thron und hielt eine goldene Münze in der Hand. Im Hintergrund sah man eine fruchtbare Landschaft.

»Ich hab's«, sagte Marie. »Also: Allgemein steht die Königin der Münzen für eine bodenständige, handwerklich geschickte Frau, die für den Fragenden wichtig wird und ihm praktischen Rat oder Hilfe gibt. Der Fragende kann aber auch selbst die Haltung der Königin einnehmen.«

Kim und Franzi sahen Marie ratlos an.

»Was soll das denn jetzt bedeuten?«, fragte Franzi. »Ich dachte, es geht um einen Ort und nicht um eine Person.«

Kim stöhnte. »Eine bodenständige Frau, na toll! Diese Beschreibung trifft wahrscheinlich auf jede dritte Frau in dieser Stadt zu. Wie sollen wir herausfinden, wer damit gemeint ist? Da können wir ja ewig suchen.«

Marie nippte an ihrem Kakao Spezial mit Vanillearoma, dem absoluten Lieblingsgetränk der Freundinnen. Kim und Franzi hatten gleich zwei Fragen auf einmal aufgeworfen. Marie nahm sich zunächst die erste Frage vor. »Vielleicht sollten wir uns nicht so sehr auf die Königin konzentrieren, sondern mehr auf die Umgebung, in der sie abgebildet ist.«

Franzi nahm die Karte in die Hand. »Hm ... Besonders aufschlussreich ist das aber auch nicht: Ihr Thron ist mit Früchten geschmückt, über ihr blühen Rosen und im Hintergrund sind fruchtbare Felder und Hügel. Das kann so ziemlich überall sein. Unsere ganze Stadt ist von Hügeln umgeben.«

»Stimmt«, gab Marie zu. »Trotzdem müssen wir alles sammeln, was uns auffällt. Jedes kleinste Detail kann wichtig sein.«

Kim nahm Franzi die Karte aus der Hand. »Da, an der Armlehne ihres Throns ist ein Ziegenkopf! Das ist ja merkwürdig.«

»Und vorne rechts läuft ein Hase über den Weg«, sagte Marie, die das Bild in ihrem Tarotbuch studierte.

Kim zückte ihr Detektivtagebuch und stellte eine Liste aller Details auf. »Am besten gehen wir systematisch vor, sonst blicken wir nie durch.«

»Gute Idee«, sagte Franzi. »Dann sparen wir uns Zeit, wenn wir den Professor dazuholen. Ich fürchte, ohne ihn werden wir es sowieso nicht schaffen.«

Marie runzelte die Stirn. Normalerweise hatte sie kein Problem damit, sich von jemandem helfen zu lassen, aber jeder andere wäre ihr lieber gewesen als Professor Degen. Obwohl er inzwischen wirklich nett zu den drei !!! war, konnte sie sein ekelhaftes Verhalten am Anfang nicht so schnell vergessen.

»Abwarten«, sagte sie deshalb. »Ich finde, wir sollten uns erst in aller Ruhe zu dritt die Karten ansehen. Fällt euch noch was zur achten Karte ein?«

Kim überflog ihre Liste. »Nein, im Moment nicht. Außer dass am Tatort offenbar Tiere sind, aber Hasen und Ziegen laufen oft auch frei herum.«

Da Franzi auch keine neue Idee mehr hatte, beschäftigten sich die drei !!! mit der neunten Karte.

»Wofür steht wieder die neunte Karte im Keltischen Kreuz?«, fragte Franzi, die sich nicht alle Positionen gemerkt hatte.

»Waren das nicht die Hoffnungen und Ängste des Fragenden?«, sagte Kim.

Marie nickte. »Ja, genau.«

Franzi betrachtete die Karte, auf der ein Mann auf dem Bauch lag und von zehn Schwertern durchbohrt wurde, und verzog den Mund zu einem ironischen Lächeln. »Friedliches Bild, sehr romantisch!«

»Die Zehn Schwerter bedeuten Abbruch und willkürliches Ende«, erklärte Marie. »Es kann sich dabei um einen schmerzhaften, traurigen Einschnitt handeln oder um den erlösenden Schlussstrich unter ein unangenehmes Kapitel.«

»Na, das ist wenigstens wieder ziemlich klar«, sagte Kim. »Die Grabräuber hoffen, dass sie nach ihrem Raub ungeschoren davonkommen. Aber sie haben natürlich Angst, dass sie von der Polizei geschnappt werden und die ganze Sache böse für sie ausgeht.«

Marie klatschte in die Hände. »Toll! Besser hätte ich es auch nicht interpretieren können. Du bist ein Naturtalent. Willst du nicht auch regelmäßig Karten legen? Ich könnte es dir beibringen.«

Sofort wehrte Kim lachend ab. »Bloß nicht! Wenn dieser Fall hier abgeschlossen ist, rühre ich keine einzige Tarotkarte mehr an, darauf kannst du wetten.«

»Schade«, sagte Marie, während sie den letzten Rest Kakao Spezial trank, der mittlerweile kalt geworden war und viel zu süß schmeckte.

Franzi warf einen Blick auf ihre Armbanduhr. »Jetzt sollten wir aber wirklich Professor Degen anrufen. Ich hab nicht so viel Zeit.«

»Wieso?«, fragte Kim. »Hast du etwa ein Date mit Benni und Leonhard?«

Prompt wurde Franzi rot. »Das ist kein Date, wir skaten bloß.«

»Klar«, sagte Kim. »Ihr skatet bloß ...« Dabei

zwinkerte sie Marie verschwörerisch zu und wartete auf ihre Reaktion.

Aber Marie hatte keine Lust, bei dem Spielchen mitzumachen. Dann musste sie nämlich sofort wieder an Stefan denken und sie dachte sowieso schon viel zu viel an ihn. Schnell schob sie alle negativen Gedanken fort und griff zu ihrem Handy. »Okay, mal sehen, ob er überhaupt da ist.«

Professor Degen war da und er hatte Zeit. Er schien genauso gespannt auf die beiden Tarotkarten gewartet zu haben und bereits zwanzig Minuten später stand er mit zerzausten Haaren und leuchtenden Augen vor den drei !!!.

»Wo sind die Karten?«, fragte er. »Zeigt her!«

»Setzen Sie sich doch bitte«, sagte Kim und sah sich verstohlen um. Sie hatte keine Lust, dass jeder im Café ihr Gespräch mitbekam.

Professor Degen ließ sich in einen Knautschsessel fallen und da kam auch schon die Bedienung, bei der er einen Tee bestellte. Die Detektivinnen warteten, bis die Bedienung den Tee gebracht hatte. Erst dann zeigten sie dem Professor die Karten und fassten ihre bisherigen Ergebnisse zusammen.

Er lauschte mit großen Ohren. Während Kim, Franzi und Marie abwechselnd erzählten, beugte er sich interessiert über die Königin der Münzen.

»Leider ist das alles ziemlich verwirrend«, sagte Franzi am Schluss. »Früchte, Rosen und Tiere gibt es an vielen Orten. Und wer die bodenständige Frau sein soll, wissen wir auch noch nicht. Haben Sie vielleicht eine Idee?«

Professor Degen rückte seine Brille zurecht und schwieg. Nach ein paar Minuten murmelte er: »Die Königin der Münzen hat einen guten Instinkt für die Natur und den fruchtbaren Boden. Es könnte eine Kräuterfrau oder Heilpraktikerin sein oder ...« Plötzlich hob er den Kopf und rief: »Oder eine Bäuerin! Ja, das liegt viel näher.«

Sofort kombinierte Marie: »Dann ist unser Tatort ein Bauernhof!«

»Super!«, rief Kim. »Jetzt haben wir ja das Keltengrab! Zeigen Sie Ihre Karte her, Professor! Wo ist der Bauernhof?«

Professor Degen zog langsam seine Umgebungskarte aus der Tasche, aber er seufzte dabei. »Langsam, langsam! Ich muss euch leider enttäuschen. So einfach ist das Ganze nicht. Ich hab mir die drei Orte im Internet genauer angesehen: Auf dem einen Ort steht ein Privatkrankenhaus mit einem großen Blumen- und Obstgarten und an den beiden anderen Stellen sind zwei Bauernhöfe!«

Franzi stöhnte. »Mist! So ein blöder Zufall!«

Kim war auch enttäuscht, aber sie fing schon

wieder an, systematisch zu denken. »Gut. Dann müssen wir eben die drei Orte weiter eingrenzen. Gibt es eine Ziege auf dem Gelände des Krankenhauses?«

Professor Degen schüttelte den Kopf. »Ich weiß es zwar nicht, aber ich glaube, das können wir ausschließen. Tiere übertragen Keime und Bakterien und haben in einem Krankenhaus nichts zu suchen.«

Triumphierend sahen sich Kim, Franzi und Marie an. »Na also«, sagte Marie. »Und schon sind es nur noch zwei Orte!«

Der Professor lächelte. »Ihr habt recht!«

»Was wissen Sie über die beiden Bauernhöfe?«, fragte Franzi. »Haben die beide Obstgärten und Rosen?«

Professor Degen holte eine Klarsichthülle mit zwei Papierbögen aus seiner Tasche. »Wartet, hier hab ich mir was ausgedruckt. Ein Bauernhof hatte eine eigene Homepage: der Lindenhof.«

Schnell überflogen die drei !!! die Seite.

»Die haben einen Hofladen«, sagte Kim. »Da kann man Bioprodukte kaufen: selbst gemachtes Brot, Biofleisch und Obst!« Marie sah sich das Foto des Hofes an, auf dem die Bauersfamilie mit ihren drei Kindern, zwei Hunden und einer Katze fröhlich in die Kamera lachte. Sie standen vor einer Scheune, um die sich Rosen rankten.

»Obst und Rosen haben sie schon mal«, sagte Marie. »Aber besonders bodenständig sieht die Bäuerin nicht gerade aus.«

Die Frau auf dem Foto war noch sehr jung und trug ein kariertes Sommerkleid, das ihre braun gebrannten dünnen Arme und Beine frei ließ.

»Stimmt«, sagte Professor Degen. »Trotzdem ist sie eine Bäuerin. Wir müssten wissen, ob sie auch Ziegen haben, aber davon steht hier nichts.«

»Wir betreiben eine ökologische Landwirtschaft«, las Kim vor. »Dazu gehört selbstverständlich artgerechte Tierhaltung und unsere Hühner dürfen überall frei herumlaufen.«

Franz griff nach dem zweiten Ausdruck. »Vielleicht kommen wir ja bei dem anderen Bauernhof weiter.«

Alle beugten sich über den Ausdruck, auf dem ein alter Bauernhof vor einer Wiese mit noch älteren Obstbäumen abgebildet war. Der Professor hatte die Info auf einer Seite über einen landwirtschaftlichen Wettbewerb gefunden, bei dem der Bauernhof als eines der ursprünglichsten, traditionellsten Anwesen ausgezeichnet worden war.

Kim las wieder den Text vor: »Die stolze Gewinnerin (ohne Foto) ist die 82-jährige Witwe Anna Blomberger, Besitzerin des Rosenhofs.«

»Also die ist bestimmt bodenständig«, kombinierte Marie. »Und Obst und Rosen hat sie auch.«

Plötzlich zeigte Franzi mit zitterndem Finger auf das Foto. »Seht nur!«

»Was denn?«, fragte Marie und in dem Moment sah sie es auch.

Unter dem Giebel des Bauernhauses waren als Schmuck zwei bunt bemalte, ziemlich kitschige Tierköpfe aus Stein angebracht: Der eine Tierkopf war ein Hase und der andere stellte eindeutig eine Ziege dar.

Verräterische Spuren

Marie hatte mal in der Schule einen Fotokurs belegt. Daher wusste sie genau, wie sehr sich ein gut gemachtes und am Bildschirm bearbeitetes Foto von der Wirklichkeit unterscheiden konnte. Oft sahen die Dinge in echt viel gewöhnlicher und unscheinbarer aus. Beim Rosenhof war es genau umgekehrt: Das alte Bauernhaus mit seinen dunklen Holzbalken wirkte viel mächtiger und größer und die beiden Tierköpfe hatten schmale, blitzende Augen, mit denen sie die fremden Besucher misstrauisch beäugten. Insgesamt wirkte der ganze Hof alles andere als einladend. Unwillkürlich lief Marie ein kalter Schauer über den Rücken, als sie mit Franzi, Kim und Professor Degen aus dem Auto stieg und langsam auf das Haus zuging.

Ob es wirklich so eine gute Idee gewesen war, die Witwe einfach ohne vorherige Ankündigung am Sonntagmorgen zu besuchen und zu fragen, ob ihr in letzter Zeit irgendetwas Verdächtiges auf ihrem Hof aufgefallen war? Plötzlich war sich Marie nicht mehr so sicher, obwohl sie gemeinsam mit Kim und Franzi so lange auf den

Professor eingeredet hatte, bis er endlich dem Vorschlag zugestimmt hatte. Aber jetzt gab es kein Zurück mehr.

Entschlossen warf Marie ihre blonden Haare zurück und ging zielstrebig auf die Haustür zu, bei der statt einer Klingel ein runder Türklopfer aus Eisen in Form einer Schlange angebracht war.

»Die Schlange«, raunte Professor Degen hinter ihr. »Bei den Kelten war sie das Symbol für Schöpfung und gleichzeitig auch für Zerstörung.«

Marie lief wieder ein kalter Schauer über den Rücken, doch sie versuchte, sich nichts anmerken zu lassen. »Dann wollen wir mal«, sagte sie, hob die Schlange an und ließ sie gegen das Holz fallen. Ein dumpfer, ziemlich lauter Klang breitete seine Schallwellen aus. Dann war Stille, eine lange, unheimliche Stille. Marie klopfte ein zweites Mal, aber wieder rührte sich nichts.

»Vielleicht ist sie ja gar nicht zu Hause«, sagte Kim.

Marie drehte sich zu ihr um. »Oder sie ist schwerhörig.«

»Wir hätten doch vorher anrufen sollen«, sagte Professor Degen, der nervös von einem Fuß auf den anderen trat.

Gerade als sie aufgeben und umkehren wollten, hörten sie plötzlich schlurfende Schritte, die sich langsam näherten. Dann ging quietschend die Tür auf und im schmalen Spalt erschien eine alte Frau mit einem dunkelblauen Kopftuch und einem Gesicht voller Runzeln. Eine Weile betrachtete sie die fremden Besucher, dann schüttelte sie unwillig den Kopf. »Ich kaufe nichts!«

Da trat Professor Degen neben Marie. »Wir wollen Ihnen nichts verkaufen, Frau Blomberger. Sie sind doch Frau Blomberger, nicht wahr?«

»Jaaa …«, sagte die Witwe gedehnt und stützte ihre rechte Hand in die Hüfte, um ihren krummen Rücken zu entlasten. »Woher wissen Sie das? Sind Sie von der Zeitung?«

»Nein«, antwortete Marie. »Wir sind Detektivinnen: Das sind Kim und Franzi, ich bin Marie und das ist Professor Degen, ein Archäologe und Keltenexperte aus dem Museum. Wir wollen Ihnen nur ein paar Fragen stellen, über Ihren Obstgarten.«

Frau Blomberger musterte sie immer noch misstrauisch. »Was ist denn mit meinem Garten? Was wollen Sie von mir?«

»Das erklären wir Ihnen gern sofort«, sagte Professor Degen. »Können wir vielleicht kurz reinkommen?«

Die Witwe zögerte, dann nickte sie. »Na gut. Wenn Sie schon mal da sind und den weiten

Weg gemacht haben.« Sie öffnete die Tür noch ein Stückchen.

Kühle Luft, die schwach nach Äpfeln und ein wenig säuerlich roch, schlug Marie entgegen. Als sie in den dunklen Flur hineinging, kam es ihr vor, als würde die Zeit auf einmal stillstehen. Eine braune Kommode stand an der Wand, umrahmt von einem altmodischen Spiegel und ein paar schmiedeeisernen Garderobenhaken.

»Kommen Sie«, sagte Frau Blomberger.

Marie, Franzi, Kim und der Professor folgten ihr ins Wohnzimmer. Das war genauso altmodisch eingerichtet wie der Flur. Ein Ungetüm von einer braunen Sofalandschaft füllte den Raum fast vollständig aus, daneben hatte nur noch ein alter Couchtisch mit einem rosafarbenen Spitzendeckchen Platz.

Die Bäuerin ließ sich schwer in einen riesigen Sessel am Kopfende des Couchtischs fallen und strich mit ihren runzeligen Händen die geblümte Arbeitsschürze glatt. Dann sah sie die Besucher forschend an.

Marie fühlte sich alles andere als wohl, als sie sich zusammen mit den anderen auf das abgewetzte Sofa setzte. Ihr Mund war trocken und sie überlegte fieberhaft, was sie als Erstes sagen sollte.

Zum Glück übernahm Professor Degen den Anfang. »Vielen Dank, Frau Blomberger, dass

Sie sich Zeit für uns nehmen. Bitte entschuldigen Sie, dass wir hier einfach so hereingeschneit sind. Wir haben die starke Vermutung, dass sich auf Ihrem Grundstück ein altes Keltengrab befindet und dass Grabräuber es ausrauben wollen. Deshalb wollten wir Sie warnen. Vielleicht haben Sie ja die Meldung in der Zeitung gelesen, dass eine Grabräuberbande unsere Stadt unsicher macht?«

Die Witwe schüttelte den Kopf. »Ich lese schon lange keine Zeitung mehr, meine Augen machen nicht mehr mit und es interessiert mich auch nicht. Aber was behaupten Sie da? Ein Keltengrab auf meinem Grundstück? Das ist doch Unsinn.«

»Nein, das ist kein Unsinn, sondern sogar sehr wahrscheinlich«, widersprach der Professor so sanft wie möglich, während er seine Umgebungskarte aus der Tasche zog und auf dem Couchtisch ausbreitete. »Ihre Obstbaumwiese liegt exakt auf einer früheren Handelsroute der Kelten und wir haben Hinweise bekommen, dass das Grab auf Ihrem Grundstück sein muss. Das wundert mich übrigens überhaupt nicht, denn hier war früher einer der heiligen Orte der Kelten: Genau auf dem Platz, wo Ihr Haus steht, gab es vor sehr langer Zeit einen Eichenwald. Außerdem deutet der frei stehende Hügel auf ein Fürstengrab hin, vielleicht sogar des sagenumwobenen Prinzen mit dem goldenen Schwert.« Er holte zu einem längeren, komplizierten wissenschaftlichen Vortrag aus, bei dem Frau Blomberger immer unwilliger wurde.

Auf ihrer runzeligen Stirn bildete sich eine steile Falte, als sie schließlich den Professor unterbrach. »Ach, hören Sie doch auf! Dieses gescheite Gerede der Stadtleute verstehe ich sowieso nicht.«

Franzi musste grinsen. Selbst sie hatte nicht alles verstanden. Kein Wunder, denn der Vortrag war mit wahnsinnig vielen Fremdwörtern gespickt gewesen.

»Es geht auch gar nicht um den Vortrag«, versicherte sie. »Wir wollten Sie fragen, ob Ihnen in letzter Zeit irgendetwas Verdächtiges aufgefallen ist: Sind Fremde auf Ihrem Hof herumgeschlichen?«

»Hat jemand versucht einzubrechen?«, fragte Marie weiter. »Oder war jemand in Ihrem Obstgarten, den Sie vorher noch nie gesehen haben?«

Frau Blomberger strich energisch über ihre Schürze, obwohl der Stoff längst glatt war. »Verdächtiges? Nein, nein, bei mir war alles wie immer.«

»Sind Sie sicher?«, hakte Kim nach.

Die Witwe wich ihrem Blick aus. »Ja, ja, ich bin sicher. Ich lebe ganz alleine hier, seit mein Mann gestorben ist und die Kinder aus dem

Haus sind. Eine alte Frau ist langweilig, um die kümmert sich sowieso keiner.« Sie seufzte laut.

Irgendetwas an ihrer Stimme machte Marie stutzig. Hinter ihrer Jammerei versuchte sie etwas zu verbergen, oder zumindest kam es Marie so vor. Deshalb fragte sie einfach ins Blaue hinein: »Hat jemand in Ihrem Garten gegraben?«

Plötzlich rutschte Frau Blomberger unruhig auf ihrem Sessel herum. »Warum willst du das wissen?«

»Weil Grabräuber das meistens tun«, sagte Marie. »Sie graben die Erde um.«

Die Bäuerin hüstelte, dann stützte sie sich an den Armlehnen ihres Sessels ab und stand langsam auf. »Ich muss jetzt weiterarbeiten. Ich hab noch viel zu tun.«

»Einen kleinen Moment noch«, bat Professor Degen. »Wir belästigen Sie wirklich ungern, aber wir wollen Ihnen nur helfen. Sie können uns vertrauen, wir behalten alles für uns und geben es weder an die Zeitung noch an die Polizei weiter.«

Frau Blomberger ließ sich wieder zurück in den Sessel fallen. »Sie sind aber wirklich hartnäckig. Na gut. Es stimmt, in meinem Garten ist ein Loch. Erst dachte ich, es war ein Maulwurf oder ein Biber, aber dafür ist das Loch zu groß.«

Die drei !!! tauschten einen schnellen Blick aus. Wie gut, dass sie nicht lockergelassen hatten!

Hartnäckigkeit gehörte nicht umsonst zu einer der wichtigsten Fähigkeiten von Detektivinnen.

»Wann haben Sie das Loch zum ersten Mal bemerkt?«, fragte Kim und holte ihr Detektivtagebuch heraus.

Die Bäuerin überlegte. »Ach, das ist schon eine Weile her. Ich weiß nicht mehr genau, vor eineinhalb Wochen ungefähr.«

Marie rechnete im Kopf schnell nach. Vor einer Woche hatte der Unbekannte den ersten Brief an Herrn Jülich geschrieben. Die Zeit, die Frau Blomberger angegeben hatte, konnte also stimmen.

»Haben Sie die Polizei davon informiert?«, fragte Professor Degen.

Frau Blomberger hob abwehrend die Hände. »Nein, um Himmels willen! Mit der Polizei will ich nichts zu tun haben.«

Marie runzelte die Stirn. Hatte die Bäuerin etwas zu verbergen? Vielleicht war sie ja selber auf den Keltenschatz gestoßen und hatte mit eigenen Händen das Loch gegraben.

»Haben Sie die Täter gesehen, die das Loch gegraben haben?«, fragte Franzi.

»Nein«, antwortete die Witwe. »Wer auch immer das getan hat, er muss es in der Nacht gemacht haben. Tagsüber war ich nämlich die ganze vorletzte Woche im Obstgarten.«

Kim kritzelte eifrig in ihr Tagebuch. »Und

tagsüber ist Ihnen nichts Ungewöhnliches aufgefallen?«

Frau Blomberger schüttelte den Kopf. »Nein, da war alles wie immer.«

Marie überlegte immer noch, ob die Bäuerin in der Sache mit drinsteckte. Das würde zumindest erklären, warum sie am Anfang nichts erzählen wollte. Um sie in die Enge zu treiben, fragte Marie weiter: »Wie groß ist denn das Loch?«

Die Bäuerin streckte die Hände aus und versuchte, die Größe anzudeuten, aber sie gab es schnell wieder auf. »Keine Ahnung, so genau hab ich auch nicht hingesehen. Ich hab mich zwar geärgert, aber mir nichts weiter dabei gedacht.«

»Dürften wir uns das Loch mal ansehen?«, hakte Marie sofort nach.

»Ja, bitte!«, rief Professor Degen und in seinen Augen leuchtete wissenschaftliche Neugier auf.

Marie, Kim und Franzi ging es zwar weniger um die Wissenschaft, trotzdem warteten sie gespannt auf die Antwort der Witwe.

»Warum nicht?«, sagte Frau Blomberger und stand auf.

In dem Moment verwarf Marie ihren Verdacht wieder. Wenn die Bäuerin etwas zu verbergen gehabt hätte, würde sie ihnen wohl kaum so bereitwillig den Tatort zeigen.

Ungeduldig warteten die drei !!! und der Professor, bis Frau Blomberger mit schlurfenden

Schritten den Flur durchquert und die Haustür aufgemacht hatte. Umständlich stieg sie in ihre Gummistiefel und dann stapfte sie endlich los.

Der Obstgarten lag hinter dem Bauernhaus. Ein verschlungener Weg, der mit Unkraut zugewuchert war, führte zu einem kleinen, verrosteten Gartentor. Es quietschte empört in den Angeln, als die Bäuerin es für sie öffnete. Nachdem sie das Tor passiert hatten, breitete sich vor ihnen ein Hügel mit einer großen Wiese aus. Nach allen Himmelsrichtungen konnte man weit ins Land hinaus sehen, das sich mit weiteren, etwas kleineren Hügeln und Feldern bis zum Horizont erstreckte.

Der Garten selbst war ein wenig verwildert. Bunt verstreut standen die alten Obstbäume nebeneinander, streckten ihre Äste in den Himmel und berührten sich gegenseitig mit ihren Kronen. Darüber spannte sich ein tiefblauer Spätsommerhimmel. Bis auf die Bienen, die geschäftig herumflogen und leise summten, war alles still. Marie fühlte sich für einen Augenblick wie im Märchen. Wenn jetzt plötzlich eine gute Fee aufgetaucht wäre und ihnen drei Wünsche angeboten hätte, hätte sie sich auch nicht groß gewundert.

Doch Franzis helle Stimme holte sie schnell zurück in die Wirklichkeit. »Wo ist denn die Stelle?«

Frau Blomberger zeigte zum hinteren Teil des

Gartens, wo der Hügel bereits wieder abfiel. Gespannt folgten sie ihr durch das duftende Gras.

Marie reckte den Kopf, und bevor die Bäuerin auf das Loch deutete, hatte sie es schon entdeckt: Genau zwischen zwei Apfelbäumen hatte jemand ein Loch mit einem Durchmesser von etwa drei Metern gegraben. Die Erde war sehr sorgfältig ausgestochen worden, offenbar mit einem Spaten, und neben dem Loch aufgeschichtet.

Neugierig bildeten Kim, Franzi, Marie und der Professor einen Kreis rund um das Loch und starrten hinein. Es war erstaunlich tief. Unten waren nur Steine und lockere Erde zu sehen. Aber in der Mitte konnte man eine seltsame, ovale Vertiefung erkennen.

Professor Degen ging in die Knie und beugte sich weiter hinunter. »Merkwürdig«, murmelte er.

»Was ist?«, fragte Franzi.

»Ich glaube, die Grabräuber sind bereits fündig geworden«, sagte er. »In der Vertiefung hat eindeutig etwas gelegen.«

Frau Blomberger seufzte. »Oje! Das hat mir gerade noch gefehlt!«

Kim griff aufgeregt nach Maries Hand. »Und was könnte das gewesen sein?«

Professor Degen kratzte sich am Kopf. »Das kann ich schlecht sagen. Dazu bräuchte ich meine Ausrüstung.«

»Reicht fürs Erste auch das hier?«, fragte Kim und streckte ihm eine Lupe hin, die sie für alle Fälle mitgenommen hatte.

Überrascht starrte der Professor auf die Lupe, dann nahm er sie lächelnd entgegen. »Danke!« Eine Weile beugte er sich mit der Lupe über das Loch, bevor er sich wieder aufrichtete und die Erde von seinen Knien klopfte. »Hm ... Ich weiß nicht.«

»War es ein schwerer Gegenstand?«, fragte Marie.

Professor Degen nickte. »Ja, ich denke schon. Es könnte ein ovales Gefäß gewesen sein, eine Schatulle zum Beispiel, vermutlich aus Bronze. Aber das sind leider alles nur Vermutungen.«

»Und was bedeutet das jetzt für mich?«, fragte die Bäuerin, die besorgt zwischen dem Professor und dem Loch hin und her sah.

»Ich fürchte, die Räuber werden wiederkommen«, sagte Professor Degen. »Das hier war nur eine erste Stichprobe, aber ich gehe schwer davon aus, dass es sich um ein größeres Grab handelt. Bei Hügelgräbern befindet sich das Fürstengrab nämlich immer im Zentrum des Hügels, da drüben also.« Er zeigte in die Richtung des höchsten Punktes des Hügels. »Und die große Beute wollen sich die Räuber bestimmt nicht entgehen lassen.«

»Oje!«, rief die Bäuerin wieder. »Das klingt ja

alles gar nicht gut. Was soll ich denn jetzt machen?«

Ratlos sahen sich die drei !!! an. Professor Degen wusste auch erst mal keine Antwort. Da klingelte plötzlich ein Handy.

Reflexartig griffen Marie, Kim und Franzi in ihre Hosentaschen, aber nur bei Kim vibrierte das Handy, die anderen beiden hatten ihre gar nicht an.

Kim zuckte zusammen. »Entschuldigt, ich hab vergessen, mein Handy auszumachen.« Sie warf einen Blick aufs Display und wurde rot. Es war Michi! »Bin gleich wieder da«, sagte sie hastig und ging ein paar Schritte von der Gruppe weg.

Marie und Franzi runzelten verständnislos die Stirn. Was konnte im Augenblick wohl wichtiger sein als der Fall?

Kim spürte die missbilligenden Blicke ihrer Freundinnen nicht. »Hallo«, sagte sie atemlos, als hätte sie nicht vier Meter, sondern 40 Meter im Sprint zurückgelegt.

»Hi, ich bin's«, sagte Michi.

»Hallo, Michi!«, sagte Kim und versuchte, das Zittern in ihrer Stimme in den Griff zu bekommen.

Zum Glück redete Michi schnell weiter: »Ich ruf an wegen unserer Radtour. Hast du zufällig heute Nachmittag Zeit?«

»Heute Nachmittag?«, wiederholte Kim langsam und war von der einfachen Frage völlig überfordert.

»Ja, ich weiß, das kommt jetzt ziemlich plötzlich«, sagte Michi. »Ich hätte früher anrufen sollen, aber da wusste ich noch nicht, dass ich heute nicht in der Eisdiele jobben muss. Der Besitzer ist krank geworden und hat seinen Laden für heute geschlossen.«

In der Zwischenzeit hatte Kim sich wieder etwas gefangen. »Ah … ja, klar kann ich.« Blitzschnell hatte sie überschlagen, dass die drei !!! bald mit ihrer Tatortbesichtigung fertig sein würden, und danach gab es erst mal nichts zu tun, zumindest fiel ihr im Moment nichts ein.

»Super!«, sagte Michi. »Treffen wir uns um drei beim Rathaus?«

»Ja, gern«, sagte Kim und musste sich zusammenreißen, um nicht laut loszujubeln. »Ich bin da.«

Michi lachte. »Also dann, bis später!«

Kim verabschiedete sich und legte mit klopfendem Herzen auf. In ihrem Ohr hatte sie immer noch Michis süße Stimme »um drei beim Rathaus«. Sie hatte ein Date mit ihm, ein richtiges cooles Date!!!

»Wo bleibst du denn, Kim?«, rief Franzi.

»Ich komm schon«, sagte Kim und lief auf die anderen zu, aber in ihren Gedanken hatte sie längst die nächsten drei Stunden übersprungen.

Die letzte Karte

Exakt fünf Stunden und 30 Minuten später schrieb Kim in ihr Tagebuch, sofort nachdem sie von der Radtour mit Michi zurückgekehrt war.

Geheimes Tagebuch von Kim Jülich
Sonntag, 17:30 Uhr

Letzte Warnung von Kim Jülich: Dieses Tagebuch darf NIEMAND lesen außer mir selbst!

Jetzt habe ich Michi zweieinhalb Stunden gesehen, ganz alleine, ohne Franzi und Marie! Die Radtour war so wunderschön, ich werde sie nie vergessen und kann mich noch an (fast) jedes Wort erinnern, das wir gesprochen haben.

Am Anfang war es nämlich wieder ziemlich peinlich, als wir am Fluss entlang nebeneinanderher gefahren sind und keiner so recht wusste, was er sagen sollte. Da hab ich einfach von unserem Fall erzählt. Michi hat ganz schön gestaunt. Er findet es sowieso irre, was wir alles Aufregendes erleben. Und er glaubt auch, dass wir die Grabräuber bald schnappen werden. Obwohl Professor Degen meint, dass die Sache jetzt viel zu gefährlich für uns wird, und uns dringend davon abrät, weiter zu ermitteln (was wir natürlich trotzdem tun werden!).

Von dem kleinen Streit zwischen Marie, Franzi und mir hab ich Michi lieber nichts erzählt. Die zwei wollten doch glatt sofort nach dem Besuch bei Frau Blomberger ein Clubtreffen ansetzen und konnten es überhaupt nicht verstehen, dass ich schon was anderes vorhatte. Egal, davon will ich jetzt nicht reden, ich will nur von Michi und mir reden!

Wir haben uns wirklich super unterhalten und ich war viel lockerer als bei unserem letzten Treffen. Ein bisschen zu locker leider! Plötzlich ist mir nämlich rausgerutscht, dass ich Michi total gern mag. Am liebsten hätte ich mir auf die Zunge gebissen, aber es war schon zu spät. Doch er hat total süß reagiert: Er hat mich angelacht und gesagt, dass er mich auch total gern mag. Michi mag mich!!! Ich kann es immer noch nicht glauben.

Ich bin natürlich prompt knallrot geworden, aber auch da war Michi total lieb. Er hat so getan, als würde er es nicht merken, und ist einfach weitergefahren. Danach haben wir noch ein kleines Picknick auf der Wiese gemacht und Schokowaffeln gegessen, die Michi mitgebracht hatte.

Ein ganz kleines bisschen hatte ich ja gehofft, dass er mich küssen würde, aber das hat er leider nicht getan. Ob er mich jemals küssen wird? Ich darf die Hoffnung nicht aufgeben. Ich muss ganz,

ganz fest daran glauben. Dann wird mein Wunsch bestimmt eines Tages in Erfüllung gehen. Wenn es doch nur schon so weit wäre!

Michi, ich danke dir für den heutigen Nachmittag! Die zweieinhalb Stunden mit dir waren so wunderwunderschön!

»Das ist echt das Allerletzte!«, schimpfte Marie und trommelte mit den Fingern auf ihr Handy.

»Allerdings«, stimmte Kim zu. »Das kann er nicht machen, nicht mit uns! Oder, Franzi, was meinst du dazu?«

Statt sich auch zu beschweren, nickte Franzi nur. Offenbar war sie mit ihren Gedanken sonst wo, nur nicht beim Clubtreffen, das Marie am Montagnachmittag bei Kim einberufen hatte. Marie dagegen konnte ihre Wut kaum zurückhalten. Vor einer Stunde hatte sie eine SMS von Professor Degen bekommen. Weil sie es immer noch nicht fassen konnte, was er schrieb, las sie die Nachricht noch mal laut vor.

Hallo, Detektivinnen!
Bitte hört sofort auf mit euren Ermittlungen! Das ist kein Spiel für Kinder, sondern sehr ernst und gefährlich. Ich werde der Sache alleine weiter nachgehen und euch natürlich auf dem Laufenden halten.
Professor Degen

»So ein Fiesling!«, rief sie. »Ich wusste doch, warum ich ihn von Anfang an nicht mochte. Erst war er ja sooo dankbar für unsere Hilfe und jetzt, wo es spannend wird, will er uns loswerden, damit er alleine die Lorbeeren einheimsen kann.«

»Und auf einmal sind wir wieder die kleinen Kinder«, sagte Kim verächtlich, während sie Cola nachschenkte und die Flasche zurück auf den Gartentisch stellte. Weil es noch mal richtig warm geworden war, hatten sich die drei !!! in den kleinen Vorgarten vors Haus gesetzt.

Marie knuffte Franzi in die Seite. »Dich regt das wohl gar nicht auf?«

»Doch, klar«, sagte Franzi, aber es klang so lahm, dass weder Kim noch Marie ihr die Antwort glaubten.

Auf einmal fing Kim an zu grinsen. »Kann es sein, dass du schon wieder an Benni und Leonhard denkst?«

Franzi, die gerade von ihrer Cola getrunken hatte, verschluckte sich und musste schrecklich husten. Als sie endlich wieder Luft bekam, sagte sie, immer noch mit hochrotem Kopf: »Wie kommt ihr denn da drauf?«

Marie seufzte. »Wir haben doch Augen im Kopf, uns kannst du nichts vormachen.«

»Wir sind deine Freundinnen«, sagte Kim, »und Freundinnen haben keine Geheimnisse voreinander.« Dabei musterte sie Franzi erwartungsvoll. »Also, wenn du etwas auf dem Herzen hast, schieß los!«

Franzi sah unsicher zwischen ihr und Marie hin und her. »Ich weiß nicht, das ist jetzt irgendwie nicht der richtige Zeitpunkt.«

»Unsinn!«, widersprach Marie. »Damals, als mein Liebeskummer so schlimm war, habt ihr mir auch sofort geholfen, obwohl wir eigentlich andere Dinge zu besprechen hatten.« Dass sie immer noch ziemlich heftigen Liebeskummer hatte, erwähnte sie lieber nicht.

»Ja, schon ...«, sagte Franzi, aber langsam bröckelte ihre Fassade.

Als Kim ihr einen aufmunternden Stoß in die Rippen gab, räusperte sie sich. »Okay, okay, aber ich mach's ganz kurz, klar?« Dabei zog sie ein zerknittertes Stück Papier aus ihrer Hosentasche. Kim und Marie rückten neugierig näher.

»Was ist das denn?«, fragte Marie.

Franzi biss sich auf die Lippen und dann murmelte sie so leise, dass ihre Freundinnen es kaum hören konnten: »Ein Liebesbrief.«

»Ein Liebesbrief?«, riefen Kim und Marie wie aus einem Mund. »Von wem?«, fragte Kim aufgeregt. »Von Benni?«

Franzi nickte. »Ich weiß gar nicht, wie ich dazu komme ... also, ich ...«

»Schon gut«, unterbrach Marie sie. »Das

kannst du uns auch noch später erzählen. Jetzt lies den Brief erst mal vor!«

Zögernd drehte Franzi den Brief in den Händen hin und her, doch dann faltete sie ihn endlich auf und räusperte sich wieder.

Hallo Franzi!
Jetzt skaten wir schon ziemlich lange zusammen. Es macht mir echt Spaß und ich freu mich jedes Mal total drauf. Ich freu mich aufs Skaten und vor allem darauf, Dich zu sehen. Vielleicht hast Du es dir ja sowieso schon gedacht, dass ich Dich mag, also … wie soll ich es sagen … dass ich Dich SEHR mag. Das wollte ich Dir endlich mal schreiben und Dich auch noch was Wichtiges fragen.
Willst Du mit mir gehen?
Ja: O *Nein: O* *Brauche noch Zeit: O*
(Zutreffendes bitte ankreuzen)
Viele liebe Grüße,
Dein Benni

Als Franzi zu Ende gelesen hatte, faltete sie den Brief wieder zusammen und steckte ihn mit zitternden Fingern zurück in ihre Hosentasche. Sie wagte nicht, Marie oder Kim anzusehen, weil sie Angst hatte, die beiden könnten sie auslachen.

Ihre Freundinnen schwiegen. Wahrscheinlich überlegten sie sich gerade einen dummen Spruch, mit dem sie sie aufziehen konnten.

Doch da sagte Kim endlich etwas. »Ist das süß!«, hauchte sie und bekam dabei einen schwer verträumten Blick.

Marie schluckte. »Ja, sehr süß. Er scheint dich echt zu mögen.«

»Ich weiß«, sagte Franzi. »Aber was soll ich denn jetzt machen?«

»Ihm auf seine Frage antworten, natürlich«, sagte Kim.

Franzi stöhnte. »Das ist es ja! Ich hab keine Ahnung, was ich ihm antworten soll. Das kam alles so plötzlich. Ich mag Benni, aber soll ich deshalb gleich mit ihm gehen?«

Marie spürte, wie sich plötzlich ihr Herz verkrampfte. Erst dachte sie, es wäre wieder Liebeskummer, aber dann merkte sie, dass es Eifersucht war. Sie hätte am liebsten sofort mit Franzi getauscht. Wenn Stefan ihr einen Liebesbrief schreiben würde, wüsste sie sofort, was sie ihm darauf antworten würde: JA! Ich mag dich auch sehr, ich liebe dich und ich will mit dir gehen!!!

»Dann kreuz doch einfach an, dass du noch Zeit brauchst«, schlug Kim vor.

»Aber dann denkt er bestimmt, dass ich auf jeden Fall zusagen werde und mich nur noch nicht richtig traue«, wandte Franzi ein.

Marie schob ihre Eifersucht beiseite und lächelte. »Trotzdem gewinnst du damit Zeit, um dir über deine Gefühle klar zu werden. Du musst ganz tief in dich hineinspüren, dann merkst du schon, ob du in ihn verliebt bist oder nicht.«

»Okay ...«, sagte Franzi gedehnt. »Gut, das mach ich. Danke für eure Tipps!«

»Gern geschehen«, sagte Kim und Marie nickte.

Da richtete sich Franzi auf und wechselte sichtlich erleichtert das Thema. »Aber jetzt lasst uns wieder über die Ermittlungen reden. Ich finde, wir sollten die SMS vom Professor gleich wieder vergessen. Das ist unser Fall und den lassen wir uns von niemandem wegnehmen.«

Kim nickte. »Ganz genau! Also, was wollen wir als Nächstes tun? Noch mal zur Witwe in den Obstgarten gehen?«

»Unbedingt«, sagte Marie. »Und auf die letzte Tarotkarte warten, dann ...« Plötzlich hörte sie auf zu reden und starrte an Kim vorbei ins Leere.

»Was hast du denn?«, fragte Kim.

Marie legte den Zeigefinger an den Mund. »Pssst! Ich glaube, da ist jemand an eurem Briefkasten.«

»Komisch«, sagte Kim. »Der Postbote kommt bei uns sonst viel früher.«

Neugierig drehten die drei !!! ihre Köpfe herum. Der Briefkasten war durch einen Brombeerstrauch verdeckt, deshalb konnten sie leider nichts sehen. Aber das Geräusch hörten sie sehr deutlich: ein lautes Klackern, als eine Sendung in den Kasten geworfen wurde und der Deckel wieder zuschlug.

Kim stand auf. »Hallo? Wer ist denn da?«

Niemand antwortete. Stattdessen lief jemand weg.

»Wetten, das war der anonyme Briefeschreiber?«, sagte Franzi. »Los, ihm nach!«

Blitzschnell waren die Detektivinnen auf den Beinen und sausten zum Gartentor. Kim riss das Tor auf und Franzi und Marie hechteten hinterher. Dann sahen sie sich nach links und rechts um.

»Da vorne ist er!«, rief Franzi, die den Flüchtenden als Erste entdeckt hatte, und bog nach rechts ab.

Zehn Meter weiter rannte eine große Gestalt im dunkelblauen Anorak davon. Die drei !!! nahmen die Verfolgung auf. Kim und Marie mobilisierten alle ihre Energiereserven. Trotzdem hatte Franzi schon nach ein paar Sekunden einen deutlichen Vorsprung. Aber der Typ im blauen Anorak hatte lange Beine und war schnell, sehr schnell. Franzi versuchte, seinen Vorsprung aufzuholen. Sie kam ihm näher, auf neun Meter, acht Meter. Dann machte die Straße eine Kurve. Franzi verlor den Flüchtenden kurz aus den Augen. Sie nahm die Kurve mit einem Extrasprint – und wäre fast in eine Gruppe lärmender Kindergartenkinder hineingelaufen. So schnell es ging, schob sie sich durch die fröhlich plappernden Kinder hindurch. Doch als sie es endlich geschafft hatte, war die Straße vor ihr leer. Der Typ war verschwunden. Franzi reckte den Kopf in alle Himmelsrichtungen und hielt nach ihm Ausschau – vergeblich. Er war und blieb verschwunden. Keuchend blieb sie stehen und stützte die Hände auf die Knie. Ihr Herz hämmerte gegen die Brust, während sie langsam verschnaufte.

»Hast du ihn erwischt?«, rief Marie, die außer Atem hinter ihr auftauchte.

Franzi schüttelte den Kopf. »Leider nicht.«

»Mist!«, rief Marie.

Kurz darauf kam auch Kim an, mit hochrotem Kopf und Schweißperlen auf der Stirn. Sie konnte sofort an den Gesichtern ihrer Freundinnen ablesen, dass die Verfolgungsjagd erfolglos gewesen war.

»Hast du wenigstens noch sein Gesicht erkennen können?«, fragte sie.

Wieder schüttelte Franzi den Kopf. »Leider nicht, keine Chance. Aber ich hab mir gemerkt, dass er einen dunkelblauen Anorak trug und eine beigefarbene Baseballkappe auf dem Kopf.«

»Immerhin«, sagte Marie. »Das ist besser als nichts.«

Kim wischte sich die Schweißperlen von der

Stirn. »Ich frag mich, warum ich regelmäßig jogge. Ich werde nie so fit sein wie ihr.«

Franzi klopfte ihr aufmunternd auf die Schulter. »Mach dir nichts draus, dafür kennst du dich tausendmal besser mit Computern aus als ich. Kommt, lasst uns zurückgehen, ich sterbe vor Durst.«

»Und ich kann es kaum erwarten, den Briefkasten zu öffnen«, sagte Marie.

Franzi und Kim waren mindestens genauso gespannt darauf. Zehn Minuten später konnten sie ihre Neugier endlich befriedigen. Kim zückte den Briefkastenschlüssel und holte ein kleines Päckchen heraus, das der Typ im blauen Anorak dort deponiert hatte. Der braune Umschlag sah aus wie die beiden ersten, aber diesmal fühlte er sich wesentlich dicker an.

Kim wog ihn vorsichtig in der Hand. »Mann, der ist ganz schön schwer. Was da wohl drin ist?«

»Hoffentlich keine Bombe«, unkte Marie.

»Quatsch!«, sagte Franzi. »Du siehst zu viele Krimis.«

Die drei !!! gingen zurück zum Gartentisch und setzten sich. Während Franzi sich gierig ein Glas Cola einschenkte und in einem Zug austrank, öffnete Kim mit zitternden Fingern den Umschlag. Zögernd griff sie hinein und holte den Inhalt heraus: Es waren ein zusammengefaltetes Stück Papier, vermutlich wieder ein Brief, eine Tarotkarte und ein kleiner Stein mit seltsamen schwarzen Schriftzeichen.

Franzi runzelte die Stirn. »Ein Stein? Jetzt versteh ich gar nichts mehr.«

Marie nahm inzwischen die Tarotkarte in die Hand und wurde blass. »Der Turm, ausgerechnet!«

»Wieso?«, fragte Kim ängstlich. »Was ist damit?«

Marie schluckte. »Der Turm bedeutet Chaos.«

Franzi räusperte sich. »Langsam, langsam! Bevor wir uns verrückt machen, sollten wir lieber erst mal den Brief lesen.«

»Du hast recht«, sagte Kim und faltete den A4-Bogen auf. Dann holte sie tief Luft und las den Text vor.

Lieber Herr Jülich,
neun Tarotkarten habe ich Ihnen bereits geschickt, heute bekommen Sie die zehnte und letzte. Damit ist meine Botschaft vollständig. Spätestens seit der achten Karte wissen Sie, wo Sie hingehen müssen, oder? Ich hoffe es sehr, denn jetzt dürfen Sie nicht länger zögern. Tun Sie etwas! Schreiten Sie ein und verhindern Sie eine Tat, die ich selbst leider nicht verhindern konnte und kann. Die Tarotkarte warnt Sie davor, was passieren wird, wenn Sie nicht einschreiten. Und der Stein wird Ihnen den Tag ver-

raten, an dem Sie Ihren Mut unter Beweis stellen können. Alle Verantwortung ruht nun in Ihren Händen. Ich wünsche Ihnen viel Erfolg und bin in Gedanken immer bei Ihnen.
Tausend Dank!
Ihr Kollege
PS: Der Stein trägt die Ogham-Zeichen.

Die drei !!! sahen sich ratlos an.

»Ogham-Zeichen?«, sagte Franzi. »Was soll das denn wieder sein?«

Auf der Lauer

»Fangen wir mit der Tarotkarte an«, sagte Marie. »Das ist leichter.« Dabei kramte sie in ihrer Tasche und holte das Tarotbuch heraus. »An zehnter Position im Keltischen Kreuz steht der Turm für den langfristigen Ausblick. Das heißt im Klartext, wohin der Plan der Grabräuber führen wird, wenn wir sie nicht rechtzeitig überführen.«

Kim rutschte unruhig auf ihrem Stuhl herum. »Jetzt sag schon: Was bedeutet der Turm? Das Bild sieht ja schrecklich aus: Da schlägt der Blitz in einen Turm ein, ein Feuer bricht aus und zwei Menschen stürzen in die Tiefe.«

»Das bedeutet, dass alles zusammenbricht, dass irgendein Ereignis alles auf den Kopf stellt, dass eine Bombe hochgeht und alles sprengt«, erklärte Marie.

Kim und Franzi wurden blass.

»Das heißt, die Grabräuber nehmen alles mit«, sagte Kim leise. »Sie rauben alles aus und sie werden vor nichts zurückschrecken.«

Marie nickte. »Ich fürchte, ja. Aber wir dürfen jetzt nicht aufgeben, wir werden sie daran hindern!«

»Aber dazu müssen wir erst wissen, wann sie zuschlagen«, warf Franzi ein, während sie den Stein in ihrer Hand herumdrehte. Die schwarzen Schriftzeichen, die jemand links und rechts entlang der Steinkante daraufgemalt hatte, hatte sie noch nie im Leben gesehen.

»Ogham-Zeichen ...«, murmelte Marie. »Das klingt irgendwie fremdländisch, asiatisch oder so.«

Plötzlich leuchteten Kims Augen auf. »Warum sitzen wir hier eigentlich noch rum? Los, kommt mit in mein Zimmer! Wozu gibt es das Internet?«

Auf die Idee hätten Marie und Franzi auch selber kommen können, aber manchmal war das Naheliegende das Letzte, woran man dachte.

Schnell standen sie auf, nahmen ihre Colagläser mit und liefen hinauf in Kims Zimmer. Während Kim den Computer startete, rückten Marie und Franzi zwei Stühle an den Schreibtisch. Dann gab Kim den Begriff in die Suchmaschine ein.

Zwei Sekunden später hatten sie ein Dutzend Ergebnisse.

Aufgeregt zeigte Franzi auf die zweite Überschrift. »Das ist es, das keltische Ogham-Alphabet!«

Plötzlich kam es Marie vor, als würden alle

Fäden des Falls an einem Ort zusammenlaufen: das keltische Kreuz, die Tarotkarten, das Keltengrab auf dem Grundstück der Witwe und nun noch die keltische Schrift.

Mit einem Klick öffnete Kim die Seite. Zuerst erschien ein langer Text und darunter gab es eine Tabelle, die anscheinend das Alphabet Buchstabe für Buchstabe entschlüsselte. Die drei !!! überflogen hastig den Text. Darin wurde erklärt, dass das Ogham-Alphabet auch Baum-Ogham genannt wurde, weil die Buchstaben die Anfangsbuchstaben von Bäumen waren, die die Kelten als heilig verehrten.

»Hier steht, dass die Kelten ihre Steine von unten nach oben beschrifteten«, sagte Marie. »Und dass die vertikalen und schrägen Striche des Alphabets an der Steinkante entlang gezeichnet wurden.«

Kim stöhnte. »Oh Mann, ist das kompliziert! Die Striche sehen ja fast alle gleich aus. Am besten drucke ich erst mal die Tabelle aus.«

Franzi fischte das Blatt aus dem Drucker und dann beugten sich die drei Detektivinnen gemeinsam darüber. Nach dem ersten Schreck hatte sich Kim schnell wieder gefangen und fand Spaß an der Herausforderung, die Schrift auf dem Stein zu entziffern. Im Grunde war es ja nichts anderes als ein kniffliges Puzzle oder ein Sudoku-Rätsel.

Und zehn Minuten später hatten sie die Schrift tatsächlich entziffert. Auf dem Stein stand im keltischen Ogham-Alphabet:

Morgen Nacht ab zehn.

Kim, Franzi und Marie sahen sich triumphierend an.

»Wir haben es geschafft, wir sind genial!«, rief Marie.

Alle lachten, doch Kim wurde schnell wieder ernst. »Freut euch nicht zu früh! Erst müssen wir die Räuber schnappen. Ehrlich gesagt, graut mir total davor, mitten in der Nacht bei einem Keltengrab zu warten.«

»Romantisch finde ich die Vorstellung auch nicht unbedingt«, gab Franzi zu.

Marie war ebenfalls alles andere als wohl bei dem Gedanken, aber sie gab sich einen Ruck. »Hey, wir sind nicht allein, wir sind zu dritt!«

Da lächelte Kim wieder. »Stimmt! Mensch, bin ich froh, dass ich euch damals in meinen Detektivclub aufgenommen hab, obwohl ihr beide ziemlich zickig wart!«

»Zickig?«, fragte Franzi.

»Wir?«, fragte Marie.

Und bevor Kim reagieren konnte, stürzten sich ihre Freundinnen auf sie und kitzelten sie von oben bis unten durch.

Heiser schlug die alte Glocke der Dorfkirche zweimal, danach war es wieder still. Die drei !!! blieben in sicherer Entfernung vor dem Rosenhof stehen und hielten den Atem an. Halb zehn, sie waren genau rechtzeitig. Sie hatten alles gründlich vorbereitet, mehrmals ihren Plan durchgesprochen und in einem großen Rucksack, den Franzi auf den Schultern trug, alles mitgenommen, was sie für ihre nächtliche Aktion brauchen würden. Jetzt konnte es endlich losgehen!

»Seid ihr so weit?«, flüsterte Kim.

Marie und Franzi nickten. Es war so still, dass sie meinten, ihre Herzen schlagen zu hören.

»Okay«, sagte Kim und schaltete die Taschenlampe ein. Die schmale Kiesstraße, die zum Rosenhof führte, war nicht beleuchtet und die Detektivinnen mussten erst langsam ihre Augen an die Dunkelheit gewöhnen.

Schritt für Schritt pirschten sie sich näher an das Grundstück heran. Nachts sah der Rosenhof noch unheimlicher aus als tagsüber. Das Gebäude mit den dunklen Holzbalken lag da wie ein riesiges, schlafendes Ungeheuer, das nur darauf wartete, bis Fremde seine Ruhe störten, um aufzuspringen und sie zu verschlingen. Sogar jetzt konnte man die weißen Augen der beiden Tierköpfe am Giebel erkennen, die wie Scheinwerfer leuchteten.

Marie versuchte, ihre Angst zu verscheuchen, indem sie das Haus genauer unter die Lupe nahm. Alle Fenster waren dunkel, nichts rührte sich, doch als die drei !!! schließlich vor der Haustür standen, merkte Marie, dass in einem kleinen, schmalen Fenster im ersten Stock doch noch Licht brannte. Das konnte nur eins bedeuten: Frau Blomberger war noch wach! Dabei hatten sie so gehofft, dass die alte Witwe früh zu Bett gehen würde.

Marie stupste Franzi und Kim an und zeigte wortlos zum Fenster hoch. Ihre Freundinnen nickten besorgt.

In dem Moment hörten sie ein Rauschen, das aus dem gekippten Fenster drang. Das musste die Klospülung sein. Die Bäuerin war also im Bad. Marie presste in ihren Jackentaschen beide Daumen, bis ihr die Knöchel wehtaten. Vielleicht hatten sie ja Glück und Frau Blomberger würde gleich anschließend schlafen gehen. Während sie noch darauf hoffte, trat die Bäuerin plötzlich ans Fenster.

»Taschenlampe aus!«, zischte Franzi. Kim reagierte sofort, aber leider zu spät.

»Ist da wer?«, rief Frau Blomberger unsicher.

Die drei !!! rührten sich nicht und hielten wieder den Atem an. Die Bäuerin blieb am Fenster stehen. Nach ein paar Sekunden seufzte sie. »Jetzt sehe ich schon Gespenster. Langsam werde ich wirklich alt.« Dann ging sie vom Fenster weg, ihr Schatten verschwand und kurz darauf machte sie das Licht aus.

Marie atmete erleichtert auf. Das war ja gerade noch mal gut gegangen! Jetzt ging im Fenster neben dem Bad das Licht an, vermutlich im Schlafzimmer der Bäuerin. Doch schon ein paar Sekunden später wurde das Licht gleich wieder gelöscht. Frau Blomberger hatte sich anscheinend hingelegt. Nun lag der Hof so still da wie zuvor.

Die drei !!! warteten zur Sicherheit drei Minuten. Als sich weiterhin nichts rührte, flüsterte Marie: »Los, weiter!«

Auf Zehenspitzen gingen die Detektivinnen am Haus vorbei. Kim ließ die Taschenlampe lieber aus, falls die Bäuerin doch noch mal aufstehen sollte. Zögernd betraten sie den verschlungenen, mit Unkraut überwucherten Weg. Ohne Taschenlampe war es so dunkel, dass sie kaum die eigene Hand vor Augen sehen konnten, geschweige denn ihre Füße. Sie mussten höllisch aufpassen, um auf den unebenen Platten nicht zu stolpern.

Beim Gartentor kam die nächste schwierige Hürde. Kim holte ein kleines Ölfläschchen aus ihrer Tasche und ölte damit das verrostete Schloss. Schließlich hatten sie keine Lust, die Bäuerin durch das Quietschen des Tors sofort wieder aufzuwecken. »Fertig«, flüsterte Kim und steckte das Fläschchen wieder ein. Vorsichtig streckte sie die Hand aus und drückte die Klinke nach unten. Kein Quietschen, kein Knacken! Die Klinke ließ sich völlig geräuschlos öffnen.

Die drei !!! betraten den Garten. Marie kam es vor, als würden sie ein verbotenes Paradies betreten. Sie legte den Kopf in den Nacken und sah zum Himmel hinauf. Vorher war er schon bewölkt gewesen, doch jetzt verschwand auch noch der Mond hinter einer Wolke. Der Wind frischte auf und fuhr durch die Kronen der Obstbäume, die in der Dunkelheit wie gefährliche Wächter dastanden. Die Blätter rauschten leise. Es klang, als ob sie jammern und klagen würden.

Marie spürte, wie sich die Härchen auf ihren Armen aufstellten. Trotz Jacke war ihr plötzlich kalt und dann fiel ihr auch noch ein grausamer Brauch der Kelten ein. Heute nach der Schule war sie mit Kim und Franzi in der Sonderausstellung gewesen, um noch mehr über die Kelten herauszubekommen. Eine Informationstafel ging ihr nicht mehr aus dem Kopf: Die Kelten stellten damals in den Wäldern Standbilder aus geschnitzten Baumstämmen auf. Die sollten die dort lebenden Gottheiten verkörpern. Die Druiden, die Priester der Kelten, brachten den Göttern dann regelmäßig Opfer dar. Und dabei handelte es sich wahrscheinlich nicht nur um

Tier-, sondern auch um Menschenopfer! Mal ganz davon abgesehen, dass Marie, Franzi und Kim sowieso die ganze Zeit über den Skeletten von Kelten herumspazierten, die unter ihren Füßen in der Erde ruhten.

»Marie!«, zischte Franzi. »Wo bleibst du denn?«

Erst da merkte Marie, dass Kim und Franzi nicht mehr neben ihr standen und bereits ein paar Schritte vorausgegangen waren. Schnell holte sie ihren Vorsprung auf. Gemeinsam schlichen sie weiter zum hinteren Teil des Gartens. Das Gras stand zum Glück so hoch, dass die Geräusche ihrer Schritte fast völlig verschluckt wurden.

Je länger Marie sich in der Dunkelheit bewegte, umso besser gewöhnten sich ihre Augen daran. Die Sterne, die vereinzelt zwischen den Wolken hervorlugten, spendeten gerade ausreichend Licht, um die Umrisse der Bäume und den Weg vor ihnen gut erkennen zu können.

»Und jetzt?«, fragte Kim, als sie vor dem Loch standen, das die unbekannten Täter ausgehoben hatten.

Die Detektivinnen sahen sich um und suchten nach einem Versteck. Der Komposthaufen, der am Rand des Zauns stand, war nicht groß genug. Aber der knorrige Apfelbaum daneben war perfekt. Er stand weit genug vom Loch entfernt und trotzdem nah genug, um alles gut beobachten zu können. Außerdem war er schon länger nicht mehr gestutzt worden und seine dicht belaubten Äste hingen an allen Seiten bis hinunter auf die Erde.

»Zwischen den Zweigen sieht uns kein Mensch«, flüsterte Marie.

»Ja, das ist super«, flüsterte Franzi zurück.

Zu dritt schlichen sie zum Baum hinüber und Franzi ließ erleichtert den schweren Rucksack ins Gras fallen. Dann packte sie ihn zusammen mit Kim und Marie aus. Den wichtigsten Gegenstand deponierten sie im Baum gegenüber, in einer Astgabel, die sich in der Nähe des Lochs befand. Danach legten sie Kims Handy und die übrigen Dinge zurecht, die sie gleich brauchen würden. Und am Schluss suchte jede einen geeigneten Platz zum Verstecken.

Dann lauschte Marie in die Nacht hinaus und versuchte, selbst das kleinste Geräusch einzufangen. Eine Biene, die noch nicht müde genug war, summte leise. Eine Amsel flog auf. Marie zuckte jedes Mal nur leicht zusammen, doch dann stockte ihr plötzlich der Atem. Täuschte sie sich oder waren da Schritte?

Totenzauber

Marie hatte sich nicht getäuscht. Vom Gartentor her kamen eindeutig Schritte herüber, langsam und vorsichtig. Jemand bemühte sich, sehr leise zu sein. Trotzdem gelang es ihm nicht ganz.

Um die anderen zu warnen, legte Marie die Hände an den Mund und ahmte den verhaltenen Ruf einer Eule nach. Sie hatte lange dafür geübt und der Ruf war so perfekt, dass er richtig echt klang.

Sofort waren Kim und Franzi in Alarmbereitschaft, aber auch sie hatten die Schritte bereits vorher gehört. Sie kamen näher und näher. Maries Herz klopfte schneller. Hoffentlich hatten sie sich auch gut genug versteckt! Sie durfte gar nicht daran denken, was passierte, wenn die Grabräuber sie entdeckten. Marie zwang sich, ruhig aus- und einzuatmen. Dann, als die Schritte schon sehr nahe waren und plötzlich stehen blieben, sah sie vorsichtig durch die Zweige und sah den Schatten eines kleinen Mannes. Seltsam, der Mann war allein! Sie hatte fest damit gerechnet, dass es mehrere Männer sein würden. Einer schaffte die schwere Arbeit doch gar nicht. Aber dann fiel ihr ein, dass er wahrscheinlich nur die Vorhut war und die anderen bestimmt gleich nachkommen würden.

Die drei !!! blieben stocksteif stehen und bewegten sich keinen Millimeter von der Stelle. Trotzdem hatten sie tierische Angst, dass der Mann ihren Atem und ihren Herzschlag hören konnte. Im Moment konnten sie nicht mal etwas tun, sie mussten warten, bis die Komplizen dazukamen.

Der Mann bleib schweigend stehen. Was machte er bloß so lange? Wollte er im Garten Wurzeln schlagen? Marie spähte ein zweites Mal durch die Zweige hindurch. Da fiel ihr Blick auf seine Schuhe: Der Mann trug trotz der Kälte braune, ausgelatschte Sandalen, Sandalen, die ihr irgendwie bekannt vorkamen. Vorsichtshalber sah Marie noch mal genauer hin und plötzlich fiel es ihr wie Schuppen von den Augen: Diese Schuhe waren unverwechselbar. Die Größe des Mannes stimmte auch, sogar seine Haare waren so zerzaust wie immer. Im Licht der Sterne schimmerten sie silbern statt grau.

Als Marie sich absolut sicher war, sah sie zu Kim und Franzi hinüber. Die beiden grinsten ihr zu, also hatten sie den Mann auch schon identifiziert.

Da holte Marie tief Luft und flüsterte: »Professor Degen!«

Der Professor fuhr herum und stotterte: »W... was? W...wie? Wer ist da?«

Ruhig traten die drei !!! aus ihrem Versteck heraus.

»Keine Panik!«, flüsterte Franzi. »Wir sind's nur.«

In dem Moment kam der Mond hinter seiner Wolke hervor und tauchte Professor Degens Gesicht, das ohnehin bleich war, in ein fahles, gespenstisches Licht. Der sonst so sprachbegabte Wissenschaftler rang sichtlich nach Worten. »Ihr ... das gibt's doch ... was macht ihr denn hier?«

»Vermutlich dasselbe wie Sie«, sagte Kim. »Wir warten auf die Grabräuber.«

Professor Degen fuhr sich nervös durch die Haare. »Aber das könnt ihr nicht machen, ich hab euch doch gesagt, dass das viel zu gefährlich für euch ist!«

»Ach, wirklich?«, sagte Marie und zog ihre linke Augenbraue hoch. »Das sehen wir anders. Wir sind Detektivinnen und tun nur unsere Arbeit.«

»Bitte!«, sagte der Professor flehend. »Geht wieder nach Hause.«

Jetzt wurde es Franzi zu bunt. »Wir denken gar nicht daran! Außerdem ist es dafür sowieso zu spät, die Räuber werden nämlich gleich da sein.« Sie warf einen Blick auf das beleuchtete

Display ihrer Armbanduhr, deren Ziffern 21:55 anzeigten. »Ich schätze, ungefähr in fünf Minuten.«

»Woher wisst ihr das denn so genau?«, wollte Professor Degen wissen.

Kim verzog den Mund zu einem feinen Lächeln. »Tut uns leid, aber darüber können wir keine Auskunft geben. Berufsgeheimnis!«

Der Professor stieß einen tiefen Seufzer aus. »Ich hab schon verstanden. Vielleicht ist es ja sogar ganz gut, dass wir zu viert sind. Dann können wir die Räuber leichter überführen.«

»Aber nur, wenn Sie sich endlich auch verstecken«, sagte Marie. »Mitten auf der Wiese sehen die Sie doch sofort.«

»Natürlich ...«, murmelte Professor Degen und schlüpfte unbeholfen unter die Zweige des Apfelbaums.

Marie unterdrückte ein Stöhnen. Der Professor hatte ihr gerade noch gefehlt. Er war garantiert zum ersten Mal auf Verbrecherjagd und stellte sich jetzt schon total hilflos an. Kein Wunder, als Professor war er ja auch der klassische Bücherwurm. Hoffentlich vermasselte er ihnen nicht den mühsam vorbereiteten Plan.

Hier und da raschelten noch ein paar Zweige, dann war es wieder still. Vier Menschen warteten unter dem Apfelbaum, warteten auf das, was kommen würde. Eine Weile passierte gar nichts. Die Minuten zogen sich endlos dahin. Die Glocke der Dorfkirche schlug zehnmal zur vollen Stunde und dann einmal. Schon Viertel nach zehn! Hatte der Briefschreiber sich etwa in der Uhrzeit getäuscht?

Marie konnte kaum mehr stehen, ihre Beine und ihr Rücken taten weh. Als sie eine kleine Bewegung machte, merkte sie, dass auch noch ihr rechter Fuß eingeschlafen war. Na toll! Leise bückte sie sich und rieb sich den schmerzenden Knöchel. Doch plötzlich erstarrte sie. Vom Gartentor kamen wieder Schritte herüber! Langsam richtete sie sich auf und fror in einer einigermaßen bequemen Stellung ein.

Die Schritte kamen näher, noch näher. Es war wieder nur eine Person. Sie blieb stehen. Marie hielt den Atem an und versuchte, durch die Zweige hindurch einen Blick auf den Eindringling zu erhaschen. Doch diesmal versperrte ihr leider ein Baum die Sicht.

Jetzt setzte sich der Verdächtige wieder in Bewegung. Er kam näher, er kam auf sie zu! Maries Herz setzte kurz aus, bevor es umso schneller weiterschlug.

Da zischte plötzlich der Professor: »Los, stürzen wir uns auf ihn!«

Und bevor die drei !!! ihn zurückhalten konnten, schoss er aus dem Baum hervor. Schnell hechteten Kim, Franzi und Marie hinterher. Der

Verdächtige war nur zwei Meter von ihnen entfernt. Gemeinsam packten sie ihn und rissen ihn zu Boden. Er wehrte sich heftig und strampelte mit Armen und Beinen, aber er hatte keine Chance gegen vier Gegner.

»Haben wir dich!«, rief Professor Degen triumphierend. »Du entkommst uns nicht mehr!«

»Lasst mich los!«, keuchte der Mann. »Loslassen! Ich bin unschuldig.«

Die drei !!! und der Professor dachten nicht daran, loszulassen. Stattdessen drehten sie den Mann auf den Rücken und drückten mit vereinten Kräften seine Arme und Beine ins Gras. Dabei fiel ihm seine Kappe vom Kopf.

»Wer sind Sie?«, rief Professor Degen. »Wie heißen Sie?«

Bevor er antworten konnte, pfiff Franzi durch die Zähne. »Das gibt's doch nicht! Der Typ mit dem blauen Anorak und der Baseballkappe!«

Jetzt erkannten auch Marie und Kim den Mann wieder, den sie erst gestern verfolgt hatten. Er war etwa Mitte zwanzig, hatte kurze braune Haare und einen Schnurrbart.

»Ihr kennt mich?«, fragte der Mann fassungslos, während er die Gesichter seiner Gegner musterte.

»Zumindest kennen wir Ihre Briefe«, sagte Kim. »Die Briefe, die Sie meinem Vater geschrieben haben, Herrn Jülich.«

Der Mann schnappte nach Luft. »Das stimmt! Aber die Briefe waren für ihn bestimmt, wie seid ihr da drangekommen?«

Marie seufzte. »Das ist eine lange Geschichte, dafür haben wir jetzt keine Zeit. Nur so viel: Kim, Franzi und ich sind Detektivinnen und wollen die Grabräuber überführen. Und Professor Degen ...«, sie suchte nach dem passenden Wort, »unterstützt uns dabei.«

»Das will ich auch!«, sagte der Mann eifrig und versuchte, sich aus den festen Griffen zu befreien, die ihn immer noch am Boden hielten. »Ich war mir nicht sicher, ob Herr Jülich auch wirklich die Botschaft entschlüsseln und kommen würde, deshalb bin ich hier. Ich kann euch helfen.«

Die drei !!! und der Professor tauschten einen zögernden Blick. Der Mann schien die Wahrheit zu sagen und sein Gesicht sah ehrlich aus. Sie mussten ihm vertrauen. Außerdem hatten sie ohnehin keine andere Wahl: Die Zeit lief ihnen davon. Die Grabräuber konnten jeden Moment auftauchen.

»Gut«, sagte Franzi. »Wir glauben Ihnen.«

Sie ließen den Mann los, der stöhnend seine schmerzenden Glieder streckte und sich vom Boden hochrappelte.

Kim sah ihm nachdenklich dabei zu. »Sie können uns tatsächlich helfen. Hören Sie zu!

Professor Degen, Sie auch: Wir haben uns nämlich einen Plan ausgedacht.«

Neugierig kamen die beiden Männer näher und steckten mit den drei !!! die Köpfe zusammen. So schnell wie möglich erklärten ihnen die Detektivinnen ihren Plan.

Als sie fertig waren, grinsten beide Männer und nickten anerkennend.

»Hört sich gut an«, sagte der Mann. »Ach, ich hab mich ja noch gar nicht vorgestellt: Ich bin übrigens Herbert Tietz.«

Der Name interessierte Marie im Augenblick herzlich wenig. »Okay, Herr Tietz. Los, wir müssen uns wieder verstecken!«

Schnell krochen alle unter den Apfelbaum. Langsam wurde das Versteck eng und es dauerte eine Weile, bis jeder einen Platz gefunden hatte. Nervös sah Marie auf ihre Armbanduhr. Schon fünf vor halb elf. Sie hatten viel zu viel Zeit verloren. Sie durfte gar nicht daran denken, dass die Grabräuber sie spielend leicht hätten überraschen können.

Da machte Kim plötzlich: »Pssst! Ich glaube, sie kommen!«

Diesmal waren es viele Schritte, die eindeutig zu mehreren Personen gehörten. Marie spürte, wie sich die Haare auf ihren Armen aufstellten und eine eiskalte Gänsehaut über ihren Rücken lief. Alles, was bisher geschehen war, war ein harmloses Spiel gewesen, aber jetzt wurde es ernst, bitterernst.

Kim schaltete das Aufnahmegerät ein, das sie in der Kuhle einer Baumwurzel deponiert hatte. Dann hielten fünf Personen unter dem Apfelbaum still und warteten gebannt auf die Grabräuber. Die Schritte kamen schnell und zielstrebig näher. Bald hörten sie auch leises Murmeln von Männerstimmen.

»Die Alte hat einen gesegneten Schlaf«, sagte ein Mann mit tiefer Bassstimme.

»Zum Glück«, antwortete ein anderer, der etwas heiser und ängstlich klang.

Dann fielen schwere Gegenstände ins Gras. Marie wagte noch nicht, aus ihrem Versteck hinauszusehen, aber sie konnte sich auch so ausmalen, dass es sich dabei um Spaten und Schaufeln handeln musste. Die Männer blieben ein paar Meter vor dem knorrigen Apfelbaum stehen.

»Hast du die Karte, Hanno?«, fragte ein Dritter, der ziemlich aufgeregt zu sein schien. »Wo fangen wir an zu graben? Ist es da drüben?«

»Immer mit der Ruhe«, antwortete Hanno, der Mann mit der Bassstimme, offenbar der Anführer. »Wir haben alle Zeit der Welt.«

Ein Vierter lachte leise. »Hier stört uns kein Mensch.«

Marie musste grinsen. Da täuschten sie sich

aber gewaltig! Wenn die Räuber geahnt hätten, dass sie gleich von fünf Personen beobachtet wurden, wären sie bestimmt nicht so sorglos gewesen. Aber weil sie sich so sicher fühlten, traute sich Marie nun doch, ganz vorsichtig einen Zweig zur Seite zu schieben. Im fahlen Mondlicht erkannte sie vier Männer, die im Kreis zusammenstanden. Sie waren alle sehr groß und kräftig gebaut und hatten muskulöse Arme und Schultern. Marie schluckte. Gut, dass sie nicht alleine war!

Jetzt holte Hanno eine Karte heraus und breitete sie über dem Stiel einer Schaufel aus. »Hier, unser Probeloch müsste am rechten Rand des Grabs liegen. Das Zentrum, dort, wo die große Beute ist, liegt genau hier.« Seine Bassstimme vibrierte vor Vorfreude, während er mit dem Zeigefinger auf die Stelle klopfte. »Frieder, du fängst hier zu graben an.«

»Alles klar, Chef«, sagte Frieder, der Mann mit der heiseren Stimme.

»Und du, Lenni, hilfst ihm dabei«, fuhr Hanno fort.

Lenni war der Typ, der vorher gelacht hatte. Jetzt maulte er: »Immer muss ich mit dem Neuen zusammenarbeiten.«

Hanno ließ die Karte sinken und warf ihm einen durchdringenden Blick zu.

»Schon okay, geht klar«, gab Lenni klein bei.

Nachdem Hanno auch noch dem vierten Mann, der Alex hieß, gesagt hatte, was er tun sollte, griffen die Männer nach ihren Werkzeugen und fingen an zu graben. Eine Weile hörte man nur Schnaufen und Keuchen und das dumpfe Geräusch fallender Erde. Die drei !!! konnten erst mal nichts anderes tun, als zu warten. Die Zeit kam ihnen ewig vor. Marie schlief wieder der Fuß ein und Kim kämpfte gegen ein Kribbeln in der Nase. Damit sie nicht niesen musste, hielt sie sich die Nase zu. Zum Glück hörte das Kribbeln nach ein paar Sekunden wieder auf.

Dann endlich, nach einer halben Ewigkeit, warf Lenni plötzlich die Schaufel auf den Boden. »Hier, seht mal, Volltreffer!« Sofort umringten ihn seine Komplizen.

»Na also!«, rief Hanno. »Wer sagt's denn! Dann wollen wir mal!« Er verschwand in dem Loch, das Frieder und Lenni gegraben hatten, und tauchte kurz darauf wieder auf, zwei Hände voller blinkender, funkelnder Schätze.

»Goldreife, Ketten, Armbänder, Blattgold!«, jubelte Alex.

»Und da unten ist noch viel mehr«, verkündete Hanno. »Ein Bronzekessel, so groß wie ein Wagenrad, und jede Menge vergoldete Trinkhörner.«

Die Grabräuber lachten und schlugen sich

gegenseitig auf die Schultern. Das war die Gelegenheit. Blitzschnell griff Kim zum Handy und tippte die Kombination ein, die Michi für sie eingerichtet hatte. Sofort kam der Funkkontakt zustande und aktivierte die LED-Lampe. Die steckte im Inneren des Plastik-Totenkopfs, den sie vorher in der Astgabel über dem Loch deponiert hatten. Der Totenkopf fing an, von innen heraus rot zu leuchten – schaurig und unglaublich echt.

Dann raunte Franzi mit extra tiefer, unheimlicher Stimme: »Wer wagt es hier, meine Ruhe zu stören?«

Hanno ließ vor Schreck den Schmuck auf den Boden fallen und starrte auf den Totenschädel. »H. . .hilfe, ein Geist!«

»Ich bin der Prinz mit dem goldenen Schwert«, raunte Franzi weiter. Dazu schwenkte der Professor ein golden angemaltes Plastikschwert, das die drei !!! an einer langen Stange befestigt hatten.

Frieder klammerte sich an Lennis Schulter. »D. . .der ist bewaffnet!«

»Sei ruhig!«, zischte Frieder, aber seine Stimme zitterte bedenklich.

»Ihr werdet kein Glück mit meinem Grabschmuck haben«, rief Franzi. »Ich werde euch verfluchen. Mein Fluch wird euch euer ganzes Leben lang verfolgen, egal, wohin ihr auch flüchtet, und sei es ans Ende der Welt. Zur Hölle mit euch!«

»Hilfe!«, schrie Frieder und rannte davon.

»Bleib stehen!«, rief Hanno ihm nach, aber da machten sich auch Alex und Lenni aus dem Staub. Und alleine wollte Hanno auf gar keinen Fall zurückbleiben. »Ich ... äh ... muss mal eben ... schnell weg!«, stammelte er und drehte sich auf dem Absatz um.

Doch da stürmten die drei !!! und ihre Helfer aus ihrem Versteck. »Hiergeblieben! Ihr entkommt sowieso nicht.«

Hanno riss die Augen auf. »Was soll das? Wer seid ihr?«

»Die drei !!!«, sagte Kim, während Professor Degen und Herr Tietz den Grabräuber bei den Schultern packten und festhielten.

Marie stellte sich vor ihm auf und grinste. »Den Namen sollten Sie sich gut merken, denn Sie werden ihn so schnell nicht wieder vergessen.«

In dem Moment heulte eine Polizeisirene auf, ein Einsatzwagen hielt vor dem Bauernhof und Sekunden später waren Kommissar Peters und seine Kollegen zur Stelle. Alex, Lenni und Frieder liefen ihnen direkt in die Arme.

Ende gut, alles gut!

»Aber jetzt müssen Sie uns endlich erzählen, warum Sie die Briefe anonym geschrieben haben«, sagte Marie.

Eine Woche später saßen die drei !!! zusammen mit Herrn Tietz und dem Professor im *Café Lomo*. Nachdem er in der Nacht, als die Polizei gekommen war, plötzlich verschwunden war, hatte er sich überraschend bei Kim gemeldet und um ein Treffen mit den Detektivinnen und Professor Degen gebeten. Verlegen rückte er seine Baseballkappe zurecht, dann räusperte er sich. »Ich weiß, ich bin euch eine Erklärung schuldig, euch und natürlich auch deinem Vater, Herrn Jülich. Er ist sicher sauer auf mich, weil ich ihn dauernd mit diesen Briefen belästigt habe.«

Kim winkte ab. »Mein Vater lässt Sie schön grüßen. Er ist überhaupt nicht sauer, im Gegenteil: Er findet es toll, dass Sie ihn vor den Grabräubern warnen wollten. Aber er selber hätte viel zu viel Angst gehabt, um Detektiv zu spielen. Das überlässt er lieber mir und meinen Freundinnen.« Sie tauschte einen stolzen Blick mit Franzi und Marie.

»Da bin ich aber froh«, sagte Herr Tietz. »Also, wo soll ich am besten anfangen? Vielleicht mit meinem Beruf. Ich bin Antiquitätenhändler und verkaufe unter anderem Schmuck und alte Uhren. Deinen Vater habe ich übrigens bei einer Auktion getroffen. Neben den Uhren ist mein Spezialgebiet keltische Kunst. Ich bin leidenschaftlicher Sammler und ein großer Verehrer der keltischen Kultur.«

Marie nickte. Noch vor drei Wochen hätte sie das nicht verstanden und todlangweilig gefunden, aber inzwischen konnte sie sich der Faszination der Kelten auch nicht mehr entziehen. Herr Tietz redete stockend weiter. »Tja, und dann ... vor etwa einem Monat kamen plötzlich zwei Männer in meinen Laden. Sie waren sehr nett und höflich und boten mir eine wertvolle keltische Grabbeigabe an: eine bronzene, ovale Schatulle, in der vermutlich Schmuck oder Weizenkörner für das Leben der Toten im Jenseits lagen.«

»Oval ...«, murmelte Professor Degen und sofort fiel Marie wieder die Vertiefung im Erdloch ein, in der ein ovales Gefäß gelegen haben musste.

»Ich war begeistert über das Angebot«, sagte Herr Tietz. »Noch nie hatte ich ein derart wertvolles Stück in Händen gehabt. Und der Preis war überraschend niedrig, so niedrig, dass ich sofort zugeschlagen habe, ohne weiter darüber nachzudenken. Die Männer freuten sich, nahmen das Geld entgegen und erzählten mir, dass sie bald noch mehr keltischen Schmuck bringen würden. Dann verließen sie mein Geschäft.«

Er machte eine kleine Pause und sah betreten in die Runde. Marie ahnte, was jetzt kam. Als Experte hatte er sicher gewusst, dass er etwas Illegales tat.

»Ich habe nicht danach gefragt, woher die Schatulle kam«, sagte Herr Tietz leise. »Normalerweise bin ich sehr pingelig in solchen Dingen und lasse mir genaue Belege und Expertisen über die Herkunft der Ware geben. Diesmal hab ich es nicht getan, aus dem einfachen Grund, weil ich sofort vermutete, dass es illegale oder geschmuggelte Ware sein musste.«

Professor Degen seufzte. »Gegen solche Machenschaften kämpfe ich jeden Tag. Aber es ist ein sinnloser Kampf, ich fürchte, er wird nie aufhören.«

Herr Tietz wurde rot und griff hastig nach seiner Tasse, um einen Schluck Kaffee zu trinken. Danach redete er schnell weiter: »Kurz und gut, die Sache hat mir keine Ruhe gelassen. Ich konnte nicht mehr schlafen und habe meine Entscheidung bitter bereut. Schließlich war ich so weit, dass ich die Schatulle zurückgeben wollte. Aber ich hatte weder die Visitenkarte noch die Telefonnummer der Männer. Die brauchte ich auch gar nicht. Einige Zeit später kamen die beiden nämlich noch mal bei mir vorbei, um weitere Stücke zu verkaufen. Da habe ich ihnen sofort die Schatulle wiedergegeben und gesagt, dass ich damit nichts mehr zu tun haben möchte. Die Männer wollten das Kästchen aber nicht mehr zurückhaben und sind furchtbar wütend geworden. Als ich die Polizei erwähnte, sind sie plötzlich total ausgerastet. Sie haben mir gedroht, dass sie meinen Laden kurz und klein schlagen, wenn ich die Polizei einschalte. Und dann sind sie einfach abgehauen und ich stand da mit meiner Schatulle.«

Marie versuchte sich vorzustellen, wie sie sich fühlen würde, wenn ihr so etwas passierte. Sie brauchte sich nur an die muskulösen Körper der Grabräuber zu erinnern und sofort stieg Panik in ihr auf.

»Ich war total verzweifelt«, sagte Herr Tietz. »Ich ahnte natürlich, dass die Typen ein Grab entdeckt hatten und es weiter ausrauben wollten, aber ich wusste nicht, wie ich das verhindern sollte ...«

»Bis Sie auf die Idee mit den Briefen gekommen sind«, warf Franzi ein.

Herr Tietz nickte. »Genau. Und nebenbei hab ich die Männer weiter heimlich beobachtet und zufällig mitbekommen, wo und wann sie mit den Grabungen weitermachen wollten.«

Die drei !!! schwiegen. Diese überraschenden Neuigkeiten mussten sie erst mal verdauen. Aber jetzt wurde natürlich einiges klar. Endlich schloss sich der Kreis. Das war das letzte Detail ihres Falls gewesen, das sie bisher hatten nicht zuordnen können.

Nach einer Weile fragte Professor Degen: »Eins interessiert mich noch: Was ist aus der Schatulle geworden?«

Herr Tietz lächelte. »Die hab ich der Polizei übergeben, als ich mein Geständnis abgelegt habe.«

»Sie haben ein Geständnis abgelegt?«, fragte Kim, die fest damit gerechnet hatte, dass er ihnen das Ganze unter dem Siegel der Verschwiegenheit anvertraut hatte.

Herr Tietz nickte. »Ja, und darüber bin ich sehr, sehr froh. Ich bekomme auch keine Strafe, weil ich bei der Ergreifung der Täter mitgeholfen habe.«

Kim atmete auf. Sie war doppelt erleichtert: erstens, dass sie nicht eine illegale Tat decken musste, und zweitens, dass Herr Tietz nicht ins Gefängnis musste. Das hätte sie unglaublich hart gefunden, wo sie ihm doch den Fall zu verdanken hatten.

»Gut zu wissen«, sagte Professor Degen. »Dann werde ich mal bei der Polizei nachhaken. Vielleicht bekommt unser Museum ja die Schatulle und den übrigen Schmuck aus dem Grabraub – oder wenigstens einen Teil davon.«

Herr Tietz lächelte wieder. »Das würde mich sehr freuen. Und dann komme ich jeden Tag in Ihr Museum und sehe mir die wunderbaren Sachen an – ohne schlechtes Gewissen!«

»Gern«, sagte Professor Degen.

Während die beiden anfingen, über keltischen Goldschmuck zu fachsimpeln, und alles um sich herum vergaßen, rückten die drei !!! auf dem Sofa näher zusammen.

»Und was machen wir jetzt?«, fragte Franzi.

Kim zwinkerte ihr zu. »Jetzt kümmern wir uns wieder um die wichtigen Dinge des Lebens: um die Liebe! Hast du inzwischen Benni geantwortet?«

»Äh ... ja, hab ich«, sagte Franzi.

»Und?«, fragten Kim und Marie gespannt.

Franzi räusperte sich. »Ich hab angekreuzt, dass ich noch Zeit brauche. Aber ich glaub schon, dass ich Benni mag, also ... dass ich ihn sehr mag.«

»Super!«, rief Kim und schlang die Arme um ihre Freundin.

Marie sagte auch »super«, aber es klang trauriger, als sie es beabsichtigt hatte.

Kim und Franzi sahen sie besorgt an. »Jetzt müssen wir nur noch dich glücklich machen«, meinte Kim.

Franzi holte einen Stapel Karten aus ihrer Tasche. »Ich hab auch schon eine Idee, wie. Das sind die Tarotkarten meiner Schwester. Inzwischen hat Chrissie nämlich schon wieder einen neuen Trend entdeckt.«

»Und was soll ich damit?«, fragte Marie. »Ich hab doch selber Karten zu Hause.«

»Psst!«, machte Franzi, mischte die Karten und breitete sie in ihren Händen zu einem Fächer aus. »Zieh eine Karte, die wird dir Glück bringen.«

»Au ja!«, rief Kim. »Das ist eine tolle Idee.«

Marie zögerte, doch dann gab sie sich einen Ruck. Sie schloss die Augen und dachte daran, was die Zukunft ihr im nächsten Monat bringen würde. Danach zog sie mit der linken Hand eine Karte.

»Was ist es?«, fragte Franzi.

Marie drehte die Karte um, damit ihre Freundinnen das Bild mit dem Paar sehen konnten, das sich mit goldenen Kelchen zuprostete. »Es sind die Zwei Kelche«, sagte sie. »Das bedeutet, dass ich mich wahrscheinlich bald neu verlieben werde!«